U0140510

相见何如不见时 3

仓央嘉措
让我住进你心里

吴俣阳 ◎ 著

中国文史出版社

目 录

第1卷 情 真

但曾相见便相知，相见何如不见时。

安得与君相诀绝，免教生死作相思。

　　天亮了，桃花开了，我要去灼灼的胭脂花红里找寻你那双多情的眼，用你温柔似水的目光洗刷我这一路风尘仆仆的疲倦，然后，在饱满又温暖的日光下，尽情地撒欢，尽情地歌唱，直到那天籁般的歌声，把埋藏了经年的欢喜，一股脑儿地泼洒在你白衣胜雪的明媚里，让我在回眸的瞬间，一点一点地，遇见我未曾邂逅的美丽与风情。

　　你依然穿着我记忆中那袭飘飞的白袍，满面灿烂地出现在我对面林木葱郁的山头。你用一管洞箫吹动白云的优雅，吹散天地间所有的浮华与荒寂，就那样，慢慢地，慢慢地，穿过一树一树的桃花，踩着三百年前的萋萋芳草，轻若浮云地，走向我的期盼，走向我的等待。你的身影与雪峰擦肩而过，与溪水擦肩而过，与柳枝擦肩而过，当我屏住呼吸，想要以满怀的热情，在十里桃花下迎接你绚烂的路过之际，才发现，原来你也早已与我仰慕的目光擦肩而过，再回首，那袭古老而又优雅的白袍，亦渐渐在我眼前模糊成一个虚无缥缈的点，终至倏忽不见。

我并没有想要留下你的意愿，因为从一开始我就知道你并不属于这里，你短暂的停留只是缘于你对桃花的留恋，而那一片片缤纷的落英，尽管写满了你的故事，却也从来都不是你想要追寻的梦。你想要的是什么，其实我也不明白，无数个期待与你邂逅的日子里，我曾为你编织过太多太多的理由，来解释你对这个世界的依恋，但最后却又发现，每一个理由都是牵强的附会的。或许，你从来都没想要过什么，你只是静静地站在那里，静静地等待着生命里终将遇见的一切，日复一日的日升月落，年复一年的四季轮回，还有那个总是在你念起六字真言时不停地穿梭在经文里望着你笑的水月镜花的她。

你匆匆而来，又匆匆而去。我站在你驻足过的地方，抬头望望，想要找寻你遗落的心情，却在漫山遍野的落花中发现你破碎了一地的思念。你来不及带走它们，就让它们以排山倒海的姿态蛰伏在我的脚下，让我走遍东西南北中，始终都无法拉开与你的距离，所以只能一而再、再而三地俯拾起你的心绪，欢喜的、忧伤的、满足的、不甘的、甜蜜的、悲痛的，任其在我纵横的掌纹中明明灭灭、灭灭明明，仿佛你曾拥有的一切酸甜苦辣，都是我而今必须穿越的荆棘与坎坷。

那一瞬，我甚至不了解自己到底是否如我曾在文字中写过的那般了解你。或许，你从未想过要让任何人了解你，也不在意世间是否有人愿意并能够理解你。你在意的只是如何做一个真正的自己，如何在纷繁复杂的环境中保持一份永恒的纯真与剔透，如何能在第巴桑结嘉措对你严密的掌控中自由自在地呼吸，如何能与你心意相通的女子长相厮守。是的，那时的你，无时无刻不想逃离布达拉宫对你的禁锢，如果可以让你重获自由，像苍鹰一样翱翔在蓝天白云下，哪怕要你拿寿命作交换，你也会毫不犹豫地匍匐在佛祖脚下，祈求他满足你这微不足道却又近乎奢侈的心愿。

> 春天来过了
> 在布达拉高高的院墙边
> 拈花的手指
> 匍匐在酥油灯的寂寞里
> 只能与寂寞相望
>
> 没人聆听你的故事
> 把心埋在风中

任花香在微雨的淅沥里

记住

每一份

缥缈的思念

却让声声的叹息

模糊了

月亮偷看他的脸

桃花开了

笑容一如当初

桑烟蹙起了眉头

在一树一树的璀璨中

临摹下山高水长的

逍遥

深藏在目光里的明媚

终究被酿成

一泓

枯竭的伤

你走不出

更无法穿越那

遥远的回忆

唯有不停地

不停地

俯身拾起片片的花红

任她的名字

在你坟起的嘴角

念诵成一首

镌刻在玛尼堆上的

经文

　　你一心只想逃离，逃离六世达赖喇嘛的尊贵身份，逃离布达拉宫金碧辉煌的神殿，逃离经师们不分昼夜的唠叨，逃离第巴灼热滚烫的目光，逃离无休无止的清规戒律。你并不想当什么活佛，也不需要接受信众对你的顶礼膜拜，你只想按照自己的意愿生活，在开满桃花的山坡上扬鞭驰骋，在洒落月光的角落想着一个默默喜欢了很久的人放声大笑，在心仪的姑娘面前载歌载舞，在爱你的阿爸阿妈面前毫无顾忌地大碗喝酒大块吃肉，在曾经和你一起趴在地上玩泥巴的小伙伴面前欢快地展示你从八廓街买来的新马鞭。你要的不过是这些而已，一点点的随性，一点点的欢喜，一点点的自豪，一点点的浪漫，可为什么，当你被来自拉萨的僧团恭敬地迎请进神圣的布达拉宫后，竟然连获取快乐的权利都失去了呢？

　　你是仓央嘉措，你是教众们一致认定的格鲁派第六世达赖喇嘛，你是整个西藏的政教领袖，你是高高在上接近云端的神王，你是阳光，你是雨露，你是清风，你是白云，你是山峰，你是大海，你是所有藏民的希望与寄托，却唯独不曾属于过你自己，也未曾有过自己的心愿与尊严。酥油灯，一年四季，从未间断地，被点燃在布达拉宫的每一个角落，而你总是与它们擦肩而过，只因为你知道，那闪耀如星的灯光从来都不曾倾心聆听过你任何的心愿，更未曾帮你实现过任何的愿望。

这是一个莫大的讽刺，自打作为神王坐在达赖喇嘛的宝座上之后，你每天都在聆听信徒的心愿，用你慈祥的面容与温煦的微笑，让每一个亲近你的教众都坚信你能够改变他们困厄的命运，风雨无阻；可你自己的心愿却被这神圣的身份阻隔在了布达拉宫之外，即便有再多的酥油灯被点亮，你也无从捡拾起早就被宽大的僧袍紧紧裹挟的思念与希望。

你的心死了，死在日复一日、年复一年的诵经声中，死在从早到晚、从未停歇过的桑烟里。而最让你痛苦煎熬的便是，你明明还有感知，明明知道自己还有未了的心愿，可看着璀璨如星子的酥油灯火，你却无能为力，什么也不能做，也做不了。你一直想沿着布达拉宫的山门，走到神殿之外的世界，走到遥远的达旺，走到开满杜鹃和格桑花的原野，去亲近那里的山川河流，去亲近那里的日月星辰，去亲近那个脸上总是洋溢着青春笑靥的她。你有很多话想跟她说，你有很多事想和她一起做，你知道，你的心思只有她明白，你对自由的向往只有她懂得，可你也明白，纵使插上翅膀，你也难以逾越布达拉宫的高度，像从前那样，明媚如花地走进她的世界。

玛吉阿米。你一遍又一遍地念着她的名字，仿佛这才是你真正该念的经咒。尽管你看不见她也听不到她的声音，但你知道，你的心一直和她在一起，只要你愿意，即便一辈子都无法抵近她的温暖，你也能在情深不悔的思念中，枕着她给过你的柔情蜜意，无风无浪地度过你寂寞的活佛生涯。你又怎会不愿意呢？你无时无刻不在想她，诵经的时候想她，写诗的时候想她，用膳的时候想她，看戏的时候想她，给信徒摸顶的时候依然也还在想她，可就这样想着她却无法与她并肩同行，你真的甘心了吗？你不甘心。你要逃出布达拉宫，你要逃开活佛的身份对你的禁锢，可是，偌大的宫墙内，有无数双眼睛不分昼夜地盯着你，你又如何才能逃出生天？

你唯一能做的，就是在袅袅升起的青烟里，回忆、思念，思念、回忆。你的眼泪早就在离开错那的时候哭干了，情到深处，你一次又一次地在风中徘徊，布达拉宫每一个角落的墙壁上都留下过你用后悔与痛苦叠起的手印。你在颤抖，你在挣扎，你在抗拒，抗拒活佛身份对你的桎梏，可这一切都是徒劳的，即便你推倒神王的宝座，也改变不了任何既定的事实，而从一开始，你就已经知道最终的结局会是什么。

为什么要做这个神王？为什么要从鸟语花香的家乡，跨越迢迢的距离，来到这寂寞丛生的拉萨？为什么要脱下牧民的布衣，换上这看似华美实则断送了一生希望的僧袍？为什么要忍受思念的痛苦，却满面堆笑地接受信众的顶礼膜拜？所有人都说你是神圣不可侵犯的五世达赖喇嘛阿旺罗桑嘉措的转世，所有人都尊奉你为西藏的神王六世达赖喇嘛，就连你那老实巴交的阿爸阿妈也以你能够入主布达拉宫为无上的荣耀，可你知道，你从不想做什么活佛，也不想把自己的未来葬送在一个虚无缥缈的名分里，可你无能为力，这就是你的命，纵使你想挣脱命运的枷锁，转过身，面对的依然还是名闻利养的铁镣。

你不喜欢别人把你当成神来膜拜，你希望他们把你当成一个普普通通的人来亲近。你不是什么神圣的法王，你就是一个天真无邪的少年，你不是什么至高无上的达赖喇嘛，你只是一个叫作仓央嘉措的少年。花样的年华，美若锦绣，你又怎能让这大好的青春生生错过那草长莺飞、杏花微雨的惊艳？玛吉阿米，玛吉阿米，当春风吹开满山如火如荼的桃花之际，你的心是否也随着不朽的思念，飞越过高高的山冈，在夕阳西下的时候，染红整个的天空？你知道，远在天边的她是无法穿越遥迢的距离来到千里之外的圣城拉萨的，但你始终没有放弃与她在梦中相见的期盼，可为什么，你心心念念了一千个日日夜夜，她还是没能走进你的梦乡？莫非，做了活佛，连在梦中与她聚首的权利也被佛祖剥夺了吗？

你还能说些什么，你只能用一颗锦绣诗心，在刻骨铭心的思念里，忆起她灿若桃花的面庞。你还记得，她的美，即使不是沉鱼落雁的国色天香，也有令人神魂颠倒的魅惑，而那抹总是洋溢在嘴角的微笑，亦早已沉积成你心头那颗鲜红的朱砂痣，永不褪色。你不会就此罢休，不会甘心一辈子都枯守在布达拉宫，不会任你如花的青春葬送在无边的孤寂里，这看似唾手可得的荣华富贵，谁要就让他拿走好了！你唯一的心愿，便是回到错那，回到巴桑寺，去听玛吉阿米唱歌，去看玛吉阿米扬起牦牛鞭回过头望着你轻轻浅浅地笑。

玛吉阿米，多好听的名字，比这名字更令你记忆犹新的，是她温婉娇媚而又略带羞涩的容颜。离开家乡达旺，来到位于错那的巴桑寺学习经文后，你便陷入了深深的离愁中，是那个叫作玛吉阿米的牧羊女的出现才带给了你久违的笑容，并唤醒了你内心沉睡已久的春天。那一刹那，结冰的心突地化开了，五颜六色的格桑花迅速盛放在高高的草坡上，两颗纯洁无瑕的心彼此靠拢彼此取暖，两双若水般清澈的眸子里，映出的是永远不悔的深情。

你恋爱了，你——仓央嘉措——被格鲁派僧团和第巴桑结嘉措认定为五世达赖喇嘛转世的神王，和一个身份卑微的牧羊女，毫无顾忌地相爱了。爱了便是爱了，你把格鲁派一切的教规禁忌都抛在了脑后，你许诺要给你心仪的女子一个完美的婚礼，压根就没把黄教僧人不允许结婚的教义放在心里，但作为西藏未来的神王，你身上肩负着太多太多的责任，你的一言一行都会牵一发而动全局，他们又怎能眼睁睁地看着你触犯教规，成天和一个女人腻在一起呢？如若放任你继续与玛吉阿米谈情说爱，势必会让格鲁派受到其他教派的质疑与责难，而这样的后果是他们难以承受的，所以，他们唯一能做的并且行之有效的，就是尽一切可以运用的力量，把你们刚刚萌芽的爱情扼杀在襁褓之中。

很快，那个活泼好动的玛吉阿米便从你眼前消失了，而你，也被第巴桑结嘉措派人从巴桑寺接到了拉萨，在布达拉宫举行了隆重的坐床仪式，正式成为西藏的政教领袖第六世达赖喇嘛。披上了达赖的僧袍，便注定你此生与爱情无缘，不能再接近你心爱的女人，即便玛吉阿米从遥远的错那赶来，与你只隔着一道院墙的距离，你也只能与她四目相对，把满腔的痴诚都埋藏到心海深处。端坐于神王的宝座，放眼望去，你拥有的只是无可奈何、身不由己，摊开双手，触摸到的只有那无形的枷锁，你还能怎样，除了痛苦和思念，你什么也做不了，所以你开始痛恨起自己的痴情，痛恨起自己的活佛身份，甚至痛恨自己不该来到这个世界，更不该在如花似玉的季节遇见那么好的她。

如果没有遇见她，你就不会这么痛苦，这么纠结。如果没有爱上她，你就不会总是穿着喇嘛的僧袍却怀着一颗红尘俗物蠢蠢欲动的心。偏偏，上天给了你活佛的身份，又让你生了一颗多情的心，却又不能让你两者兼得，到底，该怎么做，才能冲破这命运的樊篱？走，如何走？逃，逃去哪里？你连布达拉宫都迈不出去，又能逃到哪里？你跌坐在八宝装饰的法床旁，无精打采地望着摆满屋内每一个角落的酥油灯，终于又有了泪涌的感觉。已经很久很久哭不出来了，你以为你的泪水在你被第巴扶上法床时就已经流干了，没想到在你早就不再对自己寄许更多期望的时候，却又再次为她心恸欲狂。罢了罢了，既然无法聚首，无缘相见，那就顺从天意，在这孤寂的布达拉宫做一天和尚撞一天钟吧！

> 但曾相见便相知，相见何如不见时。
> 安得与君相诀绝，免教生死作相思。

　　茫茫人海，人与人的相遇来自一种奇妙的缘分，而你和她的遇见亦是前世的注定，一旦相见，就会相知相恋，纵使银河天堑也不能阻止你们心意相通，更不能把你们阻隔在天南地北。然而，人世间，不如意事常八九，在短暂的聚首之后，往往随之而来的，便是长久的别离，你和她，亦注定只能在两两相望中苦苦地期盼，苦苦地守候，却不能拥着同一片天空温暖入梦。这是你的遗憾，也是她的困惑，你不知道该如何重新走进她的心，她也不知道该怎么重拾你远去的背影，你和她，就这么渐行渐远，渐行渐远，连一声再见都来不及说，风一吹，那些曾经被紧紧攥在手心里的纯真与柔软，呼啦一声，通通散了。

如果只是你一个人痛苦，咬咬牙也就撑过去了，可你知道，比你更苦的是那个依然守在草坡上将你悄然等待的她。你舍不得她为你受苦，舍不得让她一个人穿梭在风霜雪雨中悲怆地喊着你的名字却连你的脚印都找寻不见，更舍不得她日复一日、年复一年地为你以泪洗面。她那曼妙若夜莺的嗓音怎么受得了浸在风中的一遍遍呐喊？她那美艳若芙蕖的面庞怎么受得了泪水一次次侵蚀？如果爱情必须经历排山倒海般的痛苦与煎熬，那么还不如从一开始就不要遇见的好。虽然你从未后悔与她相遇，可你还是希望自己从来都不曾出现在她的世界，因为只有这样，她才不会为你痛苦为你彷徨为你相思成灾。是的，你们本不该相见的，如此便可不相恋，便不会有撕心裂肺的伤与痛，也不会有怎么等也等不到尽头的等待。

这尘世间，兵荒马乱的剧情，时时刻刻都在欢笑与泪水的变迁中编排上演，离别更是一曲经久不散的歌，而相知与相思只是这多灾多难中衍生出的一种极其短暂的温暖。便为了这份温暖，你也不想任由她在无望的等待中继续沉沦下去。忘了我吧，玛吉阿米，你有更好的归宿和前途，请放开我未曾把握住幸福的手，努力回头，去遥远的遥远，找寻真正属于你的欢喜与快乐吧！桃花开了又落，落了又开，她温热的气息在酥油灯摇曳的火苗下轻轻抚过你脸上滂沱的泪水，她如花的笑靥在

相见何如不见时3：仓央嘉措，让我住进你心里

窗外透洒进来的月光下缓缓抚过你心里的疲惫，而你知道，这真的是最后一次了，过了今晚，你的思念不再会在幻影中轻柔地吻过她紧蹙的眉头，更无法再将她疲倦的心紧紧拥入怀里小心呵护。

布达拉宫依旧灯火辉煌，隔着三百年的光阴，我依然能清晰地看见你的遍体鳞伤。是否，当我拣起那瓣未曾留下你名字却记住了你暖暖目光的桃花，你便不会再那么疼那么痛？轻轻，敲开一扇古老的门，我站在布达拉宫熟悉而又陌生的角落里，一遍遍地问你，如果再让你重新选择一次，你是要做住在布达拉宫的雪域之王，还是那个流浪在八廓街上的风流汉呢？

你没有回答我，似乎也不需要回答。其实，我知道的，你唯一的心愿便是要做她的男人，你一直都想对她说，会爱她生生世世，直到永远，而你之所以至今还未把这句话说出口，只不过是害怕那份爱会伤害到彼此罢了。你总在沉默，总在用眼神表达着内心的深爱，可你知不知道，有那么一个痴心不改的女人，她和你一样，自始至终，都只想和你在一起，形影不离，纵使陪你浪迹天涯，纵使风餐露宿，无怨，也无悔！

你知道的，你只是不想说破这场情爱的宿命。尽管她早已远去了你的世界，但她依旧是你生命里永远不会结束的戏，一次次地谢幕退场，一次次地盛大上演，她的身影，她的一颦一笑，她的每一个举手投足，早就在你心里葳蕤成根深蒂固的藤蔓，又叫你如何能够不将她相思？

第2卷　痴　绝

手写瑶笺被雨淋，模糊点画费探寻。
纵然灭却书中字，难灭情人一片心。

太阳落山了，星星还没有出来，你盘腿坐在高高的法床上，把屋里的酥油灯扫视了个遍，才轻轻叹了口气，抬头望向窗外参天的大树。树上没有你在巴桑寺外经常看到的鹦鹉，没有夜莺的欢唱，有的只是伸手不见五指的漆黑一片的空洞，还有怎么也驱之不走的孤寂。

你屏退了所有侍从，就连平日你最亲近的洛桑喇嘛也不例外，不为别的，只为找寻一个只属于你自己的宁静的世界。然而，无论你怎么做，你的心也静不下来，在那袅袅升起的烟雾中，你听到有数万面鼓在心底咚咚地敲起，铿锵有力，每一声起落，都重重撞击着你本已濒临破碎的心扉，仿佛再用一点点的力，就会把你由内到外整个儿撕成碎片，终成齑粉。若真能那样倒也是好的，至少，变成粉末的自己还有机会借着风的力量被吹到布达拉宫之外的地方，让你重新得到自由，可以无拘无束地去寻找你心爱的姑娘了。

玛吉阿米，你在哪里？你一次又一次地追问着她的去处，心痛欲裂。如果当初自己坚持不来拉萨，不进入布达拉宫，不做这个活佛，那么你是不是就可以和玛吉阿米双宿双飞了呢？你无法给自己一个明确的答案，但你知道，只要不穿上这身看似华美的僧袍，你就有机会带着她远走高飞，然，木已成舟，你纵是追悔莫及，也是无济于事。

你跪在佛像前一次次地祈祷，求佛祖满足你想要回到玛吉阿米身边的心愿，可你不明白的是，你不仅是第巴选择的神王，也是佛祖选择的侍从，从你被指定为五世达赖喇嘛转世灵童的那一刻起，你便注定要守着清规戒律，在布达拉宫寂寞地度过辉煌而又孤独的一生。可这不是你的选择，你可以放弃荣华富贵，放弃一切尊荣，放弃追随你信仰你的教众，放弃西藏千千万万的子民，唯一不能放弃的就是你的玛吉阿米。你也说不出她到底好在哪里特别在哪里，可你的心就是被她深深吸引着，无论何时何地，无论在听经还是在诵经，看到的都是她的面容，听到的都是她的声音，就算你有心回避对她的想念，那潮起的心绪依然闪烁着她最明媚的微笑。

你瞪大眼睛，目光如炬地打量着你身上披着的这身色彩艳丽的绛红色僧袍。无疑，它是整个西藏独一无二、最为华美的僧袍，象征着威仪、权力、荣华、富贵和无上的地位与尊严，可在你眼里，它仍然不过只是一袭僧袍罢了，一副把你牢牢禁锢在布达拉宫、让你无法自由思想无法自由呼吸的枷锁罢了。

你恨透了它，恨不能把它撕成碎片，恨不能把它踩在脚下让它永世不得翻身！看到这身僧袍，你就会想起那个整天不苟言笑的第巴，虽然在名义上他只是由你任命的总理西藏地方政务的最高首领，但实际上你这个任命者却是他找来的傀儡，也从未曾被他放在眼里过。当虔诚的信徒们匍匐在你脚下顶礼膜拜时，第巴却在只有你们两个人的时候指着你的鼻子大声训斥你，好像你根本不是他从达旺迎请来的尊贵活佛，而是他可以随时呵斥的低级喇嘛。是的，在第巴眼里，你就是一个高级工具，是他实现个人野心的一枚棋子，既然如此，又为什么偏偏要选择你来充当这个角色？

你压抑，你愤懑，你濒临崩溃。你知道，作为西藏的神王，作为达赖喇嘛，你是不能产生任何负面情绪的，因为那不仅说明你的修为低劣，也昭示着你对所有信众的不负责。可你并不想当这个活佛，从来都不想的，不是吗？没有人问过你的意愿，也不会有人尊重你的意愿，就因为格鲁派僧团那些衣着光鲜的喇嘛撒着香花，跑到你阿爸阿妈面前说你是五世达赖喇嘛的转世灵童，所以你就被带离了家乡达旺，带离了你学经的巴桑寺，带离了你与玛吉阿米邂逅的刹那，来到了这冷冰冰、感受不到一丝人情冷暖的圣殿。

是的，你得到了锦衣华服，得到了满席珍馐，得到了信众的膜拜，得到了侍从的追随，然而得到这一切的代价就是，你失去了自由，失去了飞翔的能力，失去了你心爱的姑娘，彻彻底底地失去。这些都不是你想要的，什么荣华富贵，什么锦衣玉食，通通都是狗屎，谁想要谁拿去好了！第巴，既然你如此迷恋权势，那就由你自己来当这个神王好了！我什么都不要，只要自由自在地呼吸，自由自在地恋爱，自由自在地活，自由自在地死，行吗？

你真的不想继续坐在神王的宝座上，过着这行尸走肉般的日子。你只是个渴望幸福渴望温暖渴望得到快乐与满足的普普通通的活生生的人罢了，为什么要顶着活佛的光环作茧自缚？你不要过这种衣来伸手、饭来张口的生活，你有手，你有脚，你可以耕地，可以放牛，可以养马，可以牧羊，可以种花，可以栽树，可以狩猎，你相信凭借自己的双手，完全有养活自己和玛吉阿米的能力，即便辛苦些劳累些，也总好过这日复一日、年复一年的孤寂啊！

在布达拉宫，你就是第巴手中的提线木偶，不能有自己的思想，不能有爱，不能做你真正想做的事，所有人对你的膜拜也不过是慑于第巴庄严的威仪与雄厚的势力罢了。你今天拥有的一切，只不过是第巴当作一种赏赐强加给你的，身份、地位，或是无上的荣耀，但你根本就不想要这些，你无时无刻不想把摆在你面前的这些虚荣通通付之一炬，可你又没有那样的能力，所以你只能蛰伏在第巴披在你身上的僧袍里，痛不欲生地做他想要你做成的那个人。

你的心在滴血，你端坐在高高在上的法床上却如坐针毡。你想逃，甚至想放火烧了眼前这座富丽堂皇的宫殿，可你的善良与软弱，从一开始就注定，这些念头你只能想想而已。你不知道该怎么办，才能让你回归自由的世界，故乡已经离得你很远很远，即便你穿山越岭，回到开满杜鹃花的达旺，经年未曾谋面的阿妈还能认出早已长大的你来吗？

离开家乡的时候，你还是个不懂事的小孩子，甚至不知道离开意味着什么，而如今你什么都懂了，那条叫作乡愁的路你还回得去吗？你不知道自己怎么就被当成五世达赖喇嘛的转世灵童被从阿爸阿妈的怀里带到了离家乡很远很远的错那，带到了巴桑寺的梅惹大喇嘛面前，你也不知道从你走出达旺的那一刻起，你的命运就开启了翻天覆地的变化，更不知道当你情窦初开满心憧憬着要把玛吉阿米娶回家的时候，随之而来的便是你使尽浑身气力也无法更改并控制的悲剧结局。

把心画在墙上

让爱葳蕤

当往事已成等候
请跟春风来访花

美哒哒的春光
携一树
风景
让思念在深海
闹春
云知道
有一个人
依然在花下守着
寂寞的欢喜
等你

初心
就是你泡的
那盏茉莉花茶
千锤百炼
依然是我眼里的
最美

当蓝天在手心写下
寻找回来的浪漫
我不要回忆

只许你一场
花开的微笑

　　你最亲近的洛桑喇嘛劝你认命，他像父亲一样慈祥地望着你，像哄孩子般地对你说，布达拉宫里有你一生都取之不竭的珍宝财富，活佛的身份则能够任你随时随地享受并支配一切属于你的荣华富贵，而唯一美中不足的就是你不能娶玛吉阿米为妻，更不能与她谈情说爱。除了爱情，你什么都可以拥有，这难道还不是最大限度的自由吗？洛桑喇嘛总是一边恭敬地奉上一碗酥油茶，一边语重心长地劝慰你，这世间比爱情更美的事物多如星辰大海，比如湛蓝的天空、乳白的云朵、明媚的阳光、温婉的月色、娇媚的花朵、潺潺的流水，还有精深的佛法，每一样都足以倾尽一生的时间去了解去探索，又何必执着于那虚无的男女欢爱？

　　不，洛桑喇嘛，你不懂的，你大半辈子都献给了布达拉宫，献给了格鲁派，献给了神王，又哪里懂得我的心思？而且你也没有谈过恋爱，又怎能体会爱情的美妙与缤纷呢？爱情就像绽开的花朵，曼妙、艳丽、芬芳、馥郁，五彩斑斓，灿若繁星，要多美好就有多美好，即便拿整个天堂来换，我也决不会将它拱手让人，布达拉宫的荣华富贵又算得了什么？

　　你要的只是爱情，只是一份你侬我侬的依偎，除此之外，你什么都不想要。可为什么你越想要的越得不

相见何如不见时 3：仓央嘉措，让我住进你心里

到，越不想要的越唾手可得？洛桑喇嘛从小到大都生活在等级森严的布达拉宫里，亦从未有过心仪的女子，又如何能够理解你对爱情的向往与憧憬？如果一个人活着只是为了荣华富贵与金银财宝，却不能随心所欲地追逐甜美的爱情，那他存在的意义又是什么？说什么万民景仰的活佛，说什么西藏百姓最最崇敬的法王，其实那都不是你，不是那个在草原上开心打滚、恣意放歌的你，不是那个曾经活蹦乱跳、想干什么就干什么的你。你，仓央嘉措，早就不是从前那个满心洋溢着欢喜快乐的仓央嘉措，而是第巴桑结嘉措努力打造出的另一个全新的仓央嘉措，一个你自己都深恶痛绝的仓央嘉措。

你知道，坐在法床上等候信徒们对你顶礼膜拜的你并不是真实的你，而是一具没有任何情感的行尸走肉。走进布达拉宫，披上活佛的僧袍那一刻起，过去的你就已经消失无踪了，你曾经璀璨若繁花的笑容不见了，你曾经清澈如水的眸光不见了，取而代之的是与快乐无关的招牌式的微笑和日渐暗淡的目光，唯一提醒你还活着的是那颗依然没有停止思念的心，它仍在怀念家乡的风物，仍在想念草原上挥鞭牧羊的少女，仍在为心仪的姑娘心痛欲裂，仍在憧憬着奇迹发生，憧憬有朝一日能够遂了你的心思，走出这牢笼般的圣殿，走到喧闹的大街上去，走到开满格桑花的原野上，走到她一眼便能望见你的地方。

玛吉阿米，你还在遥远的远方等着我吗？离开错那之前，我找了你很久很久，我不知道你为什么躲着我，可我知道，找不见你，我的世界瞬间分崩离析，天崩地裂也不能形容我当时沮丧的心情。我最大的遗憾，便是在启程前往拉萨的时候没能找见你，没能好好地跟你说一声道别。不，如果那个时候我能找见你的话，又怎会说什么道别的话？一定会紧拽着你的手，小心翼翼地逃开所有监视的目光，去往一个任何人都找不到我们的地方，哪怕前方到处都充斥着荆棘，我也决不会后退，而是毅然决然地背着你，一步一个脚印地走向属于我们的未来，属于我们的光明。我们要去的地方不需要太大，只要足够我们容身便好，也不需要太为将来的生计犯愁，虽然从小到大我一直没做过粗重的活计，但我也像其他藏区的小伙一样，浑身都有着使不完的力气，我会学会耕地，学会播种，学会种粮食，学会养花，学会酿酒，总之，我一定会让我们的小日子过得有声有色并充满诗意和乐趣，可你呢，你准备好和我一起开拓我们的未来吗？

哦，玛吉阿米，我在这寂寞无边的布达拉宫想太多不切实际的事到底有什么用？你早已消失在我的生活之外，我也早就成了万人景仰的达赖喇嘛，我们一个远在天边，一个身处高堂，即便是两两相望，也是天方夜谭的梦境，两个同样无能为力的人，谁又能打破这镜花水月的幻象？洛桑喇嘛说得对，穿上这身象征至高权力的袈裟，我便注定再也走不出神王的樊篱，我必须日日夜夜、岁岁年年地守在这死寂的布达拉宫里，直到死去的那天为止——似乎除了死亡，我便再也找不出离开这里的任何借口。

不，他们说我不会死，即使死了也只能叫作圆寂，因为我还会不断地转世，六世之后是七世，七世之后是八世，八世之后是九世，九世之后是十世，哦，天哪，我将会无休无止地转世，无休无止地轮回，无休无止地做这格鲁派的神王，无休无止地被禁锢在这繁华与枯寂交织在一起的布达拉宫！

不，我不能就这么活下去，我不能任由自己的命运被布达拉宫始终牵绊着，我不能生生世世都守着这日益腐朽下去的布达拉宫，没有任何自由地活着！第巴说我是千千万万个藏民的希望，说我是他们的精神依靠，没有了我，他们就会成为没有依傍的浮萍，漂来漂去，永远都找不到归宿，可他们找到了归宿我又找到了什么？我连自己心爱的女人都找不见，难道就因为要给他们点亮一盏希望的明灯，我就要牺牲自己的幸福与自由吗？

不，你连自己的希望都看不到，又怎么可能给予别人想要的希望与光明呢？一切终不过是第巴愚弄信众的说辞罢了，那些虔诚的信徒轻而易举地便被他的三言两语给骗了，可你不同，你压根不会受他花言巧语的欺哄，但即便你早已看穿了他的伎俩，又能如何？他是整个西藏的最高行政事务官，他有效忠他的军队，有对他忠心耿耿的侍从，就连你最亲近的洛桑喇嘛也对他唯命是从，而你，除了至高无上的神王头衔，什么都没有，也没有人真正听命于你，又如何能够改变得了这被人主宰的傀儡命运？听说第巴还是五世达赖喇嘛的私生子，这样的身份更让他在整个藏区干什么事时都如鱼得水，面对这样一个权势滔天、只手遮天的地方首领，手无寸铁的你又如何才能摆脱得了他的控制？

走，走，离开布达拉宫，离开拉萨！这样的日子你一天都过不下去了，哪怕是死，你也要死在第巴找不到你的地方，因为唯有那样，你才不会生生世世都顶着达赖喇嘛的皮囊却总也冲不破布达拉宫对你的禁锢。如果不能见到玛吉阿米，不能和玛吉阿米双宿双栖，便是引颈受死，你也绝不会后退半步！

不是说当了这个活佛就不可以谈情说爱不可以娶妻生子嘛，那从现在开始，我不当还不行吗？什么清规戒律，都是欺哄人愚弄人的治心术罢了，你的阿爸也是一个僧人，他不是照样娶了你的阿妈并生下了你吗？洛桑喇嘛说你阿爸是红教宁玛派的僧人，而宁玛派向来都是允许信奉它的僧侣结婚生子的，但黄教格鲁派不同，格鲁派是严禁僧侣娶妻生子的，作为格鲁派神圣的教主，你自然不能带头破坏了既定的规矩。规矩规矩，规矩不是人定的吗？既然是人定的，就是可以改的！既然你是西藏政教合一的精神领袖，那么大家都应该得听你的才对，为什么这个规矩你就改不得？

你很清楚，你只不过是顶着精神领袖的名号，实际上你什么也管不了更插不上手。前人定下的规矩是你永远都无法逾越的鸿沟，你只能在第巴的监管下继续做你的傀儡神王，直到生命终结的那天，可你不愿意不甘心，既然你更改不了黄教的教规，那就丢下这牵绊你的身份和穿在身上的这件绛红色僧袍好了！你几乎是想都没想就迅速扯下了身上的僧袍，毫不犹豫地把它从窗口扔了出去。你看着那袭曾伴随了你无数个日夜的僧袍，在黑暗中慢慢地下坠，眼里开始闪烁着清亮的欢喜的泪花，仿佛这些年所有压在你身上让你喘不过气来的重量都在这一刹转瞬即逝，而渐渐飘起的雨丝更让你觉得那个只属于你和玛吉阿米的新世界马上就要到来。

你开始为她写诗，灵思犹如泉涌。摆脱了袈裟对你的桎梏，你整个人都变得轻松起来。你甚至嫌弃窗外淅沥飘落的雨下得不够大，如果再来得猛烈些就更好了，那样就可以洗去你所有的疲惫与压抑。曾经，有着太多太多的不得已，在第巴犀利如同雄鹰的目光面前，你甚至不敢想她，连世间最最美好的思念都变得充满了负罪感，可现在不同了，脱下了僧袍，你变得神清气爽，握一把雨丝在手，你甚至能感受到那一年和她一起在雨中奔跑的欢欣。

其实，她并不是你见过的最美艳的女子，但她的落落大方，她偶尔耍起小性子时轻轻向上挑的眼角，她斜睨着你抿嘴一笑的娇羞，都给你留下了无法磨灭的印象。几乎是第一眼看见她的时候，你便觉得她注定是要在今生今世走进你生命的那个女子，哪怕你并不知道她的名字，更不知道她是谁。

手写瑶笺被雨淋，模糊点画费探寻。

纵然灭却书中字，难灭情人一片心。

她的美，是一种动静结合的美，既有着活泼好动的一面，又有着温婉沉静的一面。遇见她后，你便觉得她身上具备所有女子的好，哪怕是微小的缺点，在你眼里看来也有着闭月羞花的冶艳。尤为难得的是她生了一颗和你一样向往自由的心，虽然生为牧羊女，但她依然有着自己的追求和对人生的独特理解，她说每个人都有追寻美好的权利，哪怕在追寻的路途中被撞得头破血流，也要有永不退缩的勇气。不经历风雨怎么见彩虹？她总是这么对你说。可为什么转身之后，她的勇往直前却变成了你的懦弱与无能为力？你连一个女人都不如，她尚有冲破一切障碍的勇气，为什么身为男儿的你却当了缩头乌龟？

你站在窗前为她写诗，写你的心，写她的情。你知道，一个没有勇气改变既定现实的你，是配不上为爱付出一切的她的，可现在，毅然决然地脱去了僧袍的你，要对她说一声抱歉总还是有资格的吧？雨水打湿了你手中的诗笺，也淋湿了你想她的思绪，可思念的闸门一旦打开，便是覆水难收的劫，你知道，这一次，你再也没有了任何的退路，你必须勇敢地向前冲，唯有这样，你才能遇见晴天，邂逅她一如既往的美。然，她还会在遥远的远方等着你吗？你丝毫不怀疑她对你死心塌地的感情，可你毕竟深深将她辜负，当昔时的桃花再次盛开在她的门前时，你可还有机会成为令她欣喜的良人？

诗笺上为她写下的深情字句已然模糊，却不知道究竟是雨水还是你的泪水侵蚀了它们起初的模样。你已看不清刚刚为她落笔写了些什么，尽管你瞪大眼睛想要一个字一个字地把它们看个明白，却是费尽周章。罢了，到底在纸笺上写了些什么并不重要，重要的是你的心底始终住着一个温好如花的她，即便所有字句都被洇湿终至消逝，又能如何？你心中这片未曾变迁的情意终是永远无法灭却的啊！玛吉阿米，虽然我能为你做的事很少很少，也不曾为你做过些什么，但请相信，为了你，为了这份深爱，我愿意放弃一切的虚荣，放弃一切唾手可得的事物，哪怕赴汤蹈火，哪怕肝脑涂地，也在所不惜。

好吧，就从现在开始，从你脱下僧袍的那一瞬开始，让老天爷在被雨水涤荡得愈加清明的世界里，见证你对她郑重许下的所有诺言吧！

第 2 卷 痴绝

027

第3卷　不　羁

夜走拉萨逐绮罗，有名荡子是汪波。

而今秘密浑无用，一路琼瑶足迹多。

象征神王地位的袈裟被你扔到窗外后，你的心突地变得格外宁静。你不再犹豫，不再彷徨，不再困惑，不再悲春伤秋，不再左右为难，望着窗外淅沥下个不停的雨，你开始意识到，要脱离第巴的掌控和桎梏，第一件事便是必须和格鲁派的所有清规戒律抗争到底。

不让你迈出布达拉宫一步，你偏偏要走出去；不让你谈情说爱，你偏偏要谈一场惊天动地的爱情。没有人理解你没有关系，只要你自己理解自己就行了，管它什么世俗的眼光，管它什么活佛要做所有信徒的表率，管它什么天崩地裂的后果，从现在起，你只要做一个快活的人，做一个想干什么就干什么的人。你已经憋屈了很多很多年，为了做好第巴想让你做好的这个活佛，你失去了太多太多原本属于你的东西，发自肺腑的笑容、自由自在的奔跑、温暖恰似阳光的亲情、曼妙如同花开的爱情，你发誓，这些曾经从你生命中被强行夺走的东西，你通通都要重新讨回来。

你决定走出布达拉宫，走到拉萨的街头，你必须让那个总是管束着你的第巴知道，你再也不是当初那个被他们从达旺带走的懵懂无知的小孩子了，更要让他清楚地知道，你再也不想裹着僧袍端坐在金碧辉煌的法床上扮演傀儡活佛的角色了。你就是你，是一个血气方刚的少年，是一个需要爱也渴望爱抚的男子，而不是一具任人摆布的木偶，怎能因为第巴一个人的私欲而葬送了自己一生的幸福与快乐？换作第巴，想必他也不会喜欢做一个事事都受人掣肘的活佛吧？这世间，虽然很多人都向往荣华富贵，渴望拥有锦衣玉食的生活，但真的得到了又如何呢？荣华富贵从来都不等于幸福快乐，如果让你在二者之间取舍，你必然会选择后者，所以，即便冒着失去现有一切的风险，你也要勇敢地为自己活一回。

然而，事情并非你想得那么简单。洛桑喇嘛是第一个站出来反对你的人。他冒着大雨取回你扔到窗外的袈裟，小心翼翼地放到火炉上烘干，然后将它高高举过头顶，扑通一声跪倒在你的脚前，泪如雨下地乞求你以后千万不要再做出如此疯狂的举动。他说你是西藏的精

第3卷 不羁

029

神领袖,是雪域的神王,是至高无上的第六世达赖喇嘛,是万民景仰的仁波切,而如此作践自己的行为,不仅会让千千万万的子民心痛,更是对佛祖的亵渎。作践作践,亵渎亵渎,都是些老生常谈的论调了,就没些新鲜的词汇了吗?洛桑啊洛桑,我这些年所受的憋屈和苦闷,你可是通通看在了眼里的,为什么还要跟第巴一个鼻孔出气,就连说话的语气都是那么相像?

你不打算接受洛桑喇嘛的劝导。偌大的布达拉宫,甚至是整个西藏,不都该是受你这个天命所归的神王节制吗?好,既然我才是西藏的最高领袖,为什么我想做的每一件事你们都不让我做,而第巴就算放个屁你们也要奉若神明呢?究竟,格鲁派的教义是赋予了你这个活佛统领第巴的权力,还是赋予了第巴管制你的权力?第巴第巴,第巴不就是达赖喇嘛亲自任命的西藏最高事务官嘛!既然第巴的官职都是由达赖任命的,为什么我就要事事听命于第巴呢?第巴不让我迈出布达拉宫一步,我就要老死这深宫大院吗?第巴不许我接近女色,我就要守着前人制定的清规戒律过一辈子吗?不,不!第巴只是布达拉宫的管家,他没有那么大的权力去要求达赖喇嘛该怎么做不该怎么做,所以现在,不——是立刻马上——马上立刻,我必须按照自己的心愿去做自己的事!

漂泊的心

在亘古的彷徨里偷偷

掳获

你不想要的日月山河

那张疲惫着欢笑的脸

还是无法等梦醒来

和星星一起放飞风筝

白云剔透

绽开一世的芳晴

只想与欢喜同路

而你梦寐以求的

春天

是枝头第一波

清脆的吟唱

是盘中滴翠的

诱惑

即便没有遇见流水潺潺的

世界

芳草萋萋也能

在你拖着寂寞

走过的深院

画上

最美的思念

浮生若荒

初心犹在

躲在角落里看透世事的

风花

都已入梦

今夜

就请让我

拈一朵莲花不眠的

微笑

睡在月亮的心里

把月光绣在你的眼里

从此

任我每天都陪着你

看那最最清澈

最最透亮的

温暖

　　你郑重其事地告诉洛桑喇嘛，你现在就要离开布达拉宫走到拉萨的街市上去。你受够了，也忍够了，你不想再做一个事事受制于第巴的乖乖仔，你要用实际行动向他表明谁才是布达拉宫真正的主人。可是佛爷，您真的不能离开布达拉宫的！洛桑喇嘛依旧跪伏在你的脚边，不无心痛地说，无论如何，没有第巴的准许，您是万万不能踏出布达拉宫半步的！什么？洛桑，在你心里，我和第巴，到底谁才是布达拉宫真正的主人，谁才是天命所归的雪域神王？你目光犀利地盯着洛桑喇嘛，眼神里透出的坚定与冷毅，让一直都把你当成孩子的洛桑情不自禁地打了个哆嗦。佛爷，当然只有您才是布达拉宫真正的主人。洛桑喇嘛不卑不亢地回答你。那你为什么口口声声都是第巴第巴地说个没完？你没好声气地瞪着他，既然我才是布达拉宫真正的主人，那你们，你，所有的侍从，所有的经师，都应该遵从我的意愿，听从我的指令，不是吗？

这……洛桑喇嘛被你问得哑口无言，举着僧袍的双手依旧高高举过头顶。我说错了吗？你，你们，你们所有人都听命于第巴，什么时候把我这个神王放在眼里过？你们怕什么？怕他手中掌握的兵权吗？别忘了，我才是达赖喇嘛，第巴和你们所有人一样，都是我的仆从，到底是什么让你们模糊了神志，偏要将第巴的意志凌驾于所有人甚至是神王的意志之上？

洛桑喇嘛以一种不敢相信的眼神看着你，似乎眼前端坐在法床上的你根本就不是他从前认识的那个你。是的，你今晚所说的每一句话都让他感到吃惊，而你从前给他留下的印象，一直都是个拘谨得有些木讷的少年，他甚至丝毫不怀疑你会把这种近乎默默无闻的状态持续到生命的终结。他不明白到底是什么事触动了你，更震惊于你对第巴的不满与愤懑已经累积到爆发的程度，而你并不在意他的反应，你现在唯一想做的想说的，就是你从来都未曾敢做的事也不曾敢说的话。

你还跪在那儿做什么？你腾地从法床上跳下来，径直往门口走去，又突地回过头盯着洛桑喇嘛说，洛桑，我们现在就出去，去八廓街！去喝酒，去看藏戏！洛桑喇嘛也回过头盯着你，什么？佛爷，您……您什么您，我说现在就出宫，去八廓街！不，佛爷，您不能，您——第巴知道了，不仅洛桑要担责，只怕佛爷也少不了被一顿训斥，再说……再说什么？你目光如炬地瞪着他，你去不去？你不去我自己去！你铁了心要跟布达拉宫的清规戒律抗争，铁了心要和第巴对着干，尽管你压根就不知道出了宫后到底要往哪里走，但内心早已潮涌的冲动可顾不上这些——"吱嘎"一声，你迅速打开了那扇禁锢了你无数个日夜的房门，穿着睡衣便迫不及待地跑了出去。

只要走出布达拉宫就好了，找不找得到那条多年前从浪卡子进入拉萨城时曾有幸目睹过一眼的繁华的八廓街，其实你并不在意的。你知道的，凭你现在的能力，根本是走不出拉萨城的，即便是拼尽全力要逃出拉萨，最多不出三天，还是要被掌握兵权的第巴像牵羊一样拽回布达拉宫。其实这次出走，更多的还是象征意义，你很清楚你不可能轻易躲开第巴的掌控，但你必须让他知道你的抗争意识，让他明白你这个被他找回来的神王不再满足于做他操控的傀儡，你要向他摊牌，要么给你足够的自由，让你能够随心所欲地做一切你想做的事，要么放你归去，让你换上市井百姓的衣裳回错那找你的玛吉阿米。

　　佛爷，您从来都没有一个人离开过布达拉宫，现在外面又下着雨，您要是有个三长两短，洛桑如何担待得起？洛桑喇嘛起身追到门外，张开双臂挡住了你的去路。让开！你第一次以命令的口吻要求洛桑喇嘛。不，只要小的还有一口气在，就决不能放您离开布达拉宫！你愤愤地瞪着洛桑，气急败坏地指着他的鼻子，劈头盖脸地训斥道，就凭你？就凭你一个小小的侍从喇嘛，也敢拦着本尊吗？洛桑，我现在以达赖的身份命令你赶紧让开，否则就别怪我不客气了！洛桑喇嘛情知这次无论如何是拦不住你了，忽地把手中拿着的袈裟轻轻披到你的身上，佛爷，真要下山去八廓街的话，就请穿上这僧袍避避寒吧！

　　怎么，洛桑这就败下阵来了吗？你不敢相信地瞪着他，同时把披到你身上的袈裟迅速脱下来扔到他手上，郑重其事地宣布，你今晚不仅要下山，要去八廓街喝酒，还要以俗人的身份出现在藏民之中，所以这身僧袍你是无论如何也不会再穿上的。那就容老奴给佛爷准备一身百姓的衣服，稍事装束一番再下山吧！什么？你没想到洛桑这么快就向你屈服了，你怔怔打量着这个年纪可以做你父亲的喇嘛，心里突然涌出一种说不出的哀伤。洛桑喇嘛捧出了丝绸做的锦绣衣裳，捧出了绣花靴子，捧出了乌黑的假发辫，捧出了五彩夺目的各种首饰，一一摆在了你的面前。你从没穿过这么好看的衣裳，从没戴过这么精致的首饰，你伸开双手，东摸摸，西摸摸，一时间竟然愣了神，不知道该如何才好。洛桑喇嘛望着你叹了口气，趁你尚没回过神来的工夫，已经利索地帮你穿戴整齐，当你站到那面宽敞的镜子面前仔细打量镜中人的时候，甚至怀疑镜中映现出的那个美如冠玉的翩翩公子是从天而降的护法神。

这是我吗？你不敢相信地盯着镜中的自己，这真的是我吗？你目瞪口呆地在镜前飞快地打了个转，待确定镜中的人就是自己后，立马不无兴奋地拉着洛桑的手说，洛桑你瞧，真的是我，真的是我！洛桑喇嘛拿你没办法地深吸一口气，好了，现在我们可以下山了，不过你一定要答应我，必须从后门离开，千万不能惊动宫里的任何一个人。终于可以下山了，终于可以离开布达拉宫了，而且还是一身世俗中人的打扮下山，这对你来说已经是意料之外的意外，对洛桑喇嘛提出的附加条件，你自然没有抗拒的理由。

就这样，你化名宕桑汪波，和一身百姓打扮的洛桑喇嘛一起出现在了拉萨最繁华的地段八廓街。八廓街不仅是拉萨最繁华的去处，也是整个西藏最热闹的地方，街上店铺林立，卖什么的都有，而最最吸引你的便是那些门前酒旗飘飘的酒肆。酒肆里有的是美酒，曾经滴酒不沾的你为了向第巴的权威挑战，不仅爱上了喝酒，而且一次又一次地醉倒在了八廓街的街头。起初，你身边都还有洛桑喇嘛陪着你，渐渐地，你把他当成了累赘，不再允许他跟在你身后，而你，则三天两头地换上贵公子的衣裳、戴上假发辫，一个人悄无声息地跑下山，穿梭在八廓街各种各样的酒肆里，一喝就喝到日出东方。

> 夜走拉萨逐绮罗，有名荡子是汪波。
> 而今秘密浑无用，一路琼瑶足迹多。

你爱上了这种放浪而又刺激的生活，你在八廓街的酒肆里感受到了前所未有的快感，尽管你一直都明白，你只不过是在借酒浇愁罢了。过去，你是回不去了，也不可能摆脱得了第巴的掌控，更不可能找得回你心爱的玛吉阿米，所以你只能用酒来麻醉自己、欺骗自己。自欺欺人又如何呢？你大碗大碗地喝着青稞酿造的美酒，一醉可以解千愁，至少你不用整夜都拥着孤寂与落寞入睡，不用再瞪大两只空洞的眼睛望向依然只是空洞的天空。

几个月的时间，你已经喝遍了八廓街上所有的酒肆，闻名的，不闻名的，临街的店面，或是开在犄角旮旯的店铺，没有一处未曾留下你飘飘欲仙的身影。现在你已经能叫出所有不同种类的酒的名称，也能大概分辨出各种窖藏酒的年份，而那些风情万种的沽酒女，你更是熟悉得不能再熟悉，老远地望见，哪怕只是一个模糊的背影，你也能从她们身上飘过的香气，猜出她们究竟是哪一个，并能准确地叫出她们各自的名字，从来都没有失手的时候。

你对每个女人都好，她们也都是真心地喜欢你，每当日落黄昏的时分，每家酒肆的沽酒女都会倚在门前守候着你的到来。你虽然没有太多谈情说爱的经历，但也知道雨露均沾的道理，所以从来都不厚此薄彼，今天到这家坐坐，明天就必然要去另一家喝个一醉方休，或是在同一个晚上，走马灯似的光顾好几家酒肆，尽量不让任何人对你心生怨望。你出手大方，每次喝酒，都会给出双倍甚至几倍的市值，兴致盎然的时候，不是摘下手上的宝石戒指，就是取下脖子上挂着的珊瑚项链，毫不吝惜地赏给为你沽酒的酒家女，所以尽管你每次都喝到烂醉如泥，第二天天亮之前，也能衣冠整洁地起身离去。

你在酒肆里认识了很多很多的女人，多得犹如牛毛，只怕你自己用心去数也数不过来。她们当中不乏年轻貌美的女子，论容貌，论身材，个个都不比你心心念念的玛吉阿米差，那些个日子里，灯红酒绿的酒肆成了你疗伤的净地，那些陪你说话、陪你喝酒、陪你一起笑、陪你一起哭的形形色色的女人，走马灯似的匆匆路过你的人生，然而到最后，却又没有一个可以在你心里留下任何特别的痕迹。行走在拉萨最最繁华、最最喧闹的八廓街上，你高举着酒碗，一边喝酒，一边把为玛吉阿米写下的情诗念了又念、唱了又唱，很快，几乎所有的拉萨姑娘都知道了一个长相英俊、气度不凡且能说会唱又嗜酒如命的翩翩贵公子——宕桑汪波。

姑娘们把美酒献给了你，把鲜花献给了你，把歌声献给了你，把美丽献给了你，把笑容献给了你，甚至把身体都献给了你，然而，对她们的妩媚、温柔、善良、成熟，你都视而不见。那时那刻，你看得见、听得到、想得到的，除了你的玛吉阿米，还是你的玛吉阿米。举一盏滴落了痴心泪水的青稞酒，你望向那些给你敬酒的姑娘淡然浅笑，只想邀约每一轮月圆月缺，挂在玛吉阿米如玉的脖子上，将她永远留在你的身边。抬头，偷偷望一眼窗外那一弯娴静似水的月色，醉意朦胧中的你却看到半片月光溅落在你的忧伤里，顿时便有一泓秋水潮湿了你一双温婉的明眸。

你知道，那浅浅淡淡的月色里浸着你哀痛的心思，若粼粼波光潋滟着所有的过往，刹那间，那些远去了的陈旧了的身影又突地变得逐渐清晰起来。只是，几经辗转后，旧日的情怀早已沧海变桑田，这一片依旧恬淡静谧的月光下，可否还有你往昔一样深情的探问？你不知道。潸然泪下时，你唯一懂得的便是，今时今地，想用回忆与思念挽回那一段错失的情缘却是早已难为。

说好寻欢作乐的时候不会再为她心痛，可是，听着姑娘们甜美悦耳而又熟悉的歌声时，泪水还是忍不住溢出眼眶，而心头的痛依旧宛若墨汁滴入清水，一点点散开，最后，整个心间满满的都是那种无法言语的痛。惆怅里，指尖的冰凉触不到眼泪的温度，然而，究竟有谁能告诉你，这一夜的伤痛又该如何低泣呢？

夜越来越冷，灯灭了，火熄了，人儿也睡了，眼泪却冰冻了整个身心，感觉就像一直没有方向地往前走着，即使累了也不想停下来歇脚，因为停下来的恐慌感更让你不知所措。再回首，月光远远拖在身后，就像她纯白的心，晶莹剔透，只是，远去了的她又在哪里？是正坐在你对面望着你轻语低笑的美貌女子，还是那个倚在墙角用娴熟的动作为你打酒的浑身散发着成熟气息的女子？

凝眸处，窗外的星星点缀着整个夜幕，世间万物于你眼底都显得那么安然，那么静谧，而她依旧不在你的身边，是否，这样的日子里，你便注定了只能与美酒做伴，只能与那些你从未想过要让她们在你的生命旅程中留下任何痕迹的女子度过无数个寂寂长夜吗？你熟稔地喊着一个个不同的名字，搂着一具具不同的身体说笑调情，可你知道，即便你的身体与她们合二为一，但你那颗痴绝的心依然还停留在玛吉阿米身上。没有人能够取代玛吉阿米在你心中的位置，她已经在你心底生根发芽、盘根错节，纵使你想把她连根拔起，也早就错过了吉时。

泪眼潸然里，你总想为她祈祷些什么。只是，老天爷会听到你的祈求吗？一句天荒地老、海枯石烂、此心永远不变的承诺，又可否会让她牵起你的手，一起等待明天的太阳，在你们用爱心搭起的屋外冉冉升起？

你想去找她，可你逃不出第巴的掌控，他不会任由你离开拉萨离开神王的法座的，他还要利用你这个千万藏民心目中的精神领袖去做任何他想做的事，又怎会轻易放过你这颗棋子？是的，你就是一颗棋子，无论何时何地，你都要以棋子的身份出现，可这一切，你真的已经受够了。然而你也知道，你没有任何可以与第巴抗衡的资本与力量，所以只能不停地穿梭在拉萨的各种酒肆里，近乎自嘲地高唱一句"你是世间最美的情郎了"。

白天还是不懂夜的黑，当所有的夜色渐渐退去，天边泛起了鱼肚白时，你心心念念的那个她，还是没有回到你的身边。知不知道，你好想让她陪着看一次日出，靠着她的香肩，嗅着属于她的味道，闭着双眼享受阳光亲吻你们肌肤时那种暖暖的但又有些丝丝冰凉的感觉？你一次又一次地酗酒。在拉萨黄昏的古老街市上，在八廓街的每一个角落里，在大大小小的或繁华或萧条的酒肆内。当洛桑喇嘛火急火燎地从布达拉宫跑出来挨家挨户地把你找出来之际，每一回第一眼看到的都是你手中紧紧握着的那只斟满了酒和夕阳的木碗。

洛桑喇嘛不知道，从木碗里晃动的金色中，你是否感受到了来自天国的温暖，但他知道，你是真的伤了心失了魂，为那个他从未谋面的女子。到底，是怎样的情怀把你折磨成这个样子？到底，是怎样的打击才让一个活佛甘愿堕落，整日穿梭于市井中而不知悔改？他不明白，也不想明白，重要的是，他要赶在布达拉宫的侍从发现他们尊贵的活佛偷偷跑出宫之前把你带回去，不让你受到第巴的任何责罚与训斥。

　　你还是个孩子。是的，在洛桑喇嘛的眼里，神圣不可侵犯的六世达赖喇嘛，还只是个不谙世事的孩子。他是你的侍者，所以，他决不能眼睁睁看着他尊奉的活佛在这条堕落的路上越陷越深，因为那不仅仅是你仓央嘉措一人的劫，更是第巴的劫，是格鲁派的劫，是整个西藏的劫。

　　再也不能由着你的性子继续纵容你胡闹下去了，浪子宕桑汪波的名号已经传遍了拉萨大大小小的街巷，甚至布达拉宫里都开始有僧人在私底下悄悄议论起那个嗜酒如命却又不知来历的公子，假以时日，大家必然会搞清楚，原来那个几乎每天都会出现在拉萨街头公然酗酒，公然搂着各种女人肆意调情的浪子宕桑汪波就是他们信奉的神王，势必会引起一系列不好的连锁反应，只怕到那时，想要改过也唯有追悔莫及的分了。

第4卷 轮 回

不观生灭与无常，但逐轮回向死亡。

绝顶聪明矜世智，叹他于此总茫茫。

    所有人都说你是五世达赖喇嘛阿旺罗桑嘉措的转世，而你自己似乎从来都没有在意过这种说法。你知道五世达赖喇嘛是一个了不起的人，他为格鲁派黄教乃至整个西藏所做的贡献，只怕一百个仓央嘉措加起来，也难以望其项背。

    他的故事你已经听了不下千遍万遍，梅惹大喇嘛给你讲过，五世班禅罗桑益西给你讲过，洛桑喇嘛给你讲过，经师们给你讲过，甚至，第巴桑结嘉措也一本正经地给你讲过很多次。虽然他的故事你已熟稔于心，每个人口中提到的五世达赖喇嘛的形象也都大同小异，但你仍然觉得他是个陌生得不能再陌生的人。

你怎么会是他的转世呢？无论从哪个方面看，你和他没有一点相似之处，他英明神武，你却碌碌无为、懦弱无能，他为整个西藏做出了不可磨灭的丰功伟绩，而你在政治上却毫无建树，他兴趣广泛、眼界开阔，而你除了每天都沉浸在自己的小情绪中外，似乎并没有太多的爱好。你和他，是两个完全不同的人，为什么你就突然变成了他的转世？这就是佛经里说的轮回吗？如果是，为什么你身上竟没有一丝一毫五世达赖喇嘛的习气呢？或许，这才是轮回本该有的无常，前世的一切，容貌、习惯、喜好、性格，过去的便彻彻底底地过去了，来到了今生，你必须接受一个全新的自己，一个与前世完全不同的自己，尽管这个窝囊而又没有自我的你，连你自己都是心生厌弃的。

你时常在想五世达赖喇嘛是一个怎样的人。除了为西藏的统一与和平做出了杰出贡献,他还做过些什么,有哪些事迹？于你而言,五世达赖喇嘛并不是一个实实在在的人,而是一个抽象符号,完美高大的形象近乎天人,说他不食人间烟火也无可厚非,可你知道,这不是真正的他,真正的他应该和你一样,是个有血有肉有爱有恨的人,可为什么所有人为你讲解的他都只是千篇一律的大英雄大活佛呢？他有过心仪的姑娘吗？他有过刻骨铭心的恋爱吗？他有过爱而不能的遗憾与悲恸吗？你猜该是有的,一切你所经历过的情感,在五世达赖喇嘛的世界里都不该只是空白一片,可那个姑娘到底是谁呢，她也和玛吉阿米一样，有着一双清澈如水仿佛会说话的眼睛吗？

如你所想，五世达赖喇嘛也曾遭遇过令他为之痴狂的爱情，有过令他心仪的女子，有过为了爱情患得患失，甚至是失魂落魄的痛苦经历。但在爱情和家国面前，痛定思痛的他，最后毅然放弃了爱情，选择了家国，终成受万民拥戴的最杰出的西藏政教领袖。

那是个风云变幻的时代，更是蒙藏满汉各方势力屯结在西藏的多事之秋。在你出生之前，白教噶举派掌握着西藏的统治权，一直对黄教格鲁派实行压制剪除政策。格鲁派的领袖五世达赖喇嘛阿旺罗桑嘉措与四世班禅罗桑曲结为了打破这种局面，果断联合蒙古势力，密召和硕特部首领固始汗率蒙古骑兵进藏，一举推翻了白教王朝，建立了以黄教为中心的噶丹颇章王朝，并由此确立了黄教在西藏三百多年的统治地位。后来，经清朝皇帝册封，达赖喇嘛成为西藏至高无上的政治领袖，但蒙军入藏，也造成了固始汗操纵西藏实权的后果，并导致了其后数十年间各方政治势力日趋白热化的权力斗争。

十七世纪的西藏高原，笼罩着一片动荡不安的乌云，政治、宗教斗争风云变幻。为正义，为统一，为夺权，为谋利，各路人马纷纷瞄准了这片古老而又神秘的大地。那会儿，西藏佛教教派中属噶玛派势力最为强大，并且得到了当时西藏地区的统治者藏巴汗的支持。对于日渐兴起的格鲁派即黄教，他们心存忌恨，屡加迫害。

为了对抗噶玛派的迫害，五世达赖阿旺罗桑嘉措和他的师父四世班禅罗桑曲结坚赞于明崇祯十四年（1641）派遣特使至青海，邀请青海蒙古和硕特部的固始汗率兵入藏。此时的和硕特部势力强大，次年，固始汗便应约率兵入藏，先后征服前后藏，杀藏巴汗，并尊五世达赖、四世班禅为格鲁派领袖，让他们分别主持前后藏的教务，固始汗本人则负责西藏的防务，在西藏首创第巴（行政官）制。至此，和硕特部与达赖、班禅建立了在西藏的联合统治政权，达赖与班禅也先后接受了清朝的册封。

固始汗去世后，五世达赖喇嘛加强了对西藏政务的控制，他不仅被逐渐接受为西藏全境的宗教领袖，而且成了西藏全境的世俗领袖。公元1679年，年事已高的五世达赖喇嘛为防自己死后大权旁落，任命传说是他私生子的桑结嘉措为第巴。三年后，即清圣祖康熙二十一年，藏历第十一饶迥水狗年，五世达赖喇嘛在布达拉宫圆寂。史书记载，这之后的第巴，"欲专国事，秘不发丧，伪言达赖入定，居高阁不见人，凡事传达赖之名以行。"直到十五年后，在清朝康熙皇帝的追问和指责下，才不得已将五世达赖的死讯和仓央嘉措作为转世灵童的消息公开。而你就是在这种政治、宗教和权力斗争的旋涡中被推上了六世达赖的宝座。

其实，一切都只是传闻。多年以后，当你已被夺去达赖的封号走在流放的路上，才明白了当年第巴的良苦用心。五世达赖喇嘛阿旺罗桑嘉措的突然辞世，让第巴桑结嘉措生平第一次感受到一股强大的压力袭遍周身。此时，继位的蒙古汗王丹增达赖汗正集兵于藏北，虎视眈眈，妄图控制整个西藏。为了西藏的安定，桑结嘉措毅然决定隐匿五世达赖的死讯，代其执掌西藏大权，一面牢牢钳制固始汗的子孙，一面加紧寻访转世灵童。

后来的你知道了所有的真相，五世达赖喇嘛临终前，曾用尽最后的气力将一卷用羊皮纸写的血书重重塞到自己最为信任的第巴桑结嘉措手中，随即撒手人寰。桑结嘉措没有说话，他只是呆若木鸡地望着已经圆寂的阿旺罗桑嘉措蜡黄的面庞，怎么也不敢相信这位神佛一般的圣人就这般逝去了。西藏的精神领袖阿旺罗桑嘉措去世了！西藏上空最耀眼的太阳陨落了！以后的西藏将何去何从？没有了五世达赖喇嘛，以后只凭他一人之力，该怎么带领藏民沿着罗桑嘉措于乱世中开创的路途继续走下去呢？桑结嘉措颤抖着双手缓缓打开了羊皮卷，在那卷羊皮卷上，阿旺罗桑嘉措用鲜血写就了自己的遗嘱：隐匿死讯，警惕固始汗之孙拉藏鲁白。秘密寻访转世灵童，地点，山南。

桑结嘉措谨遵五世达赖遗愿，为不让大权旁落，他秘不发丧，伪言达赖喇嘛要入定禅室，闭关修行，不见任何外人，凡事皆由他来通传转达，开始假借达赖的权威掌管格鲁派所有事务，并大力排斥固始汗子孙们的在藏势力，以达到独揽西藏政教大权的目的。他告诉自己，五世达赖喇嘛阿旺罗桑嘉措并没有归天，他只是即将长期闭关修行佛法而已；同时，他又用一种奇怪的悲伤的语气告诉第巴府所有官员，活佛闭关修行期间，任何人都不准前往打扰，自此后，将由他代替阿旺罗桑嘉措接管西藏一切政教大权。

　　五世达赖喇嘛圆寂后很长的一段时间，桑结嘉措都会站在第巴府洞开的窗前，任犀利而又略带悲伤的目光落在遥远的东南方向，那遥远而又古老的山南。六世达赖喇嘛就要出生在那里，他将是怎么样的一个人？此时此刻，他不会知道，那个转世灵童将会成为西藏最放浪不羁的活佛，最多情浪漫的情歌王子，也不会知道，在诗中，那个小活佛自己唱道：住在布达拉宫，我是雪域最大的王；流浪在拉萨街头，我是世间最美的情郎。

　　山南门隅的上空紫气环绕、祥瑞满天，这样的异象，显然预示着五世达赖喇嘛将会在那里转世。桑结嘉措微眯着双眼，久久凝视着那个方向，终于下定决心，派遣了一个心腹喇嘛，连夜赶往门巴族的聚居地门隅，秘密寻访五世达赖的转世灵童。

敲开月亮

放马天涯

把往事

都交给昨天

拣一枝玉兰

我们在

烟雨蒙蒙中

用目光

摇来春天的盛宴

敲开桃花

等你微笑

食芙蓉

破东风

每段走失的心情

都能在蓝天的

画板上

邂逅一缕花开的幽香

想念春天的时候

桃花已醒

想你的时候

把桃花翻到三月

我们一起晒花晒春晒太阳

　　弹指一挥间，三年光阴便悄无声息地从指缝间缓缓流逝了。康熙二十四年（1685），在经过十五项的严密考核和辨认之后，转世灵童仓央嘉措最终在门隅地区的达旺被找到，具体地点是达旺的乌坚林。

是的，那个转世灵童就是你。然而，你被最终认定为五世达赖喇嘛的转世灵童，其实也并非朝夕之间的事，这中间要经过若干严格的筛选程序，以确保被找来的孩子是真正的转世灵童。活佛的转世制度，发端于十二世纪初。公元1193年，藏传佛教噶玛噶举派的创始人都松钦巴大师临终时口嘱弟子，他将于某时某地转世，后人遵循大师的遗言寻找并认定了转世灵童，自此拉开了藏传佛教活佛转世的先河。此后，活佛转世这一新生的宗教制度，相继被藏传佛教各宗派所普遍采纳，并在长期的发展过程中逐渐形成了对活佛转世灵童的寻找、认定、教育等一整套严格而系统的制度。

《大方广庄严经》对小时候的你有着这样的描述："就一切的孩子所具备的大勇者，他有三十二种吉相——肉髻突兀头闪佛光，孔雀颈羽色的长发右旋着下垂，眉宇对称，眉间白毫有如银雪，眼睫毛逼似牛王之睫，眼睛黑白分明，四十颗牙齿平滑、整齐、洁白，声具梵音，味觉最灵，舌头既长且薄，颔轮如狮，肩膊圆满，肩头隆起，皮肤细腻颜色金黄，手长过膝，上身如狮，体如柽柳匀称，汗毛单生，四肢汗毛旋向上，势峰茂密，大腿浑圆，胫如兽王系泥耶，手指纤长，脚跟圆广，脚背高厚，手掌脚掌平整细软，掌有蹼网，脚下有千辐轮，立足坚稳……"而这些异相，都足以证明你就是第巴派出的僧侣想要找寻的五世达赖喇嘛的转世灵童，但那个时候所有人都不知道，从你被认定为灵童的那一刻起，你悲剧的命运也就被正式开启了。

乌坚林，一个如同母亲般亲切的名字，你知道，那是身上流着门巴族血液的你的故乡。就在这佛之净土门隅达旺的乌坚林，殊胜之中最殊胜的地方，就在藏历第十一绕迥水猪年，公元1683年3月1日，你，六世达赖喇嘛、传奇活佛、情歌王子仓央嘉措诞生了！

你，仓央嘉措，原名洛桑仁钦·仓央嘉措。据说，你出生的那天，天降异象，空中居然同时出现了七个太阳，一时间黄柱照耀、佛光东升、紫气冲天。你的父亲扎西丹增、母亲次旺拉姆居住的那个村子里所有的人，都为这奇异的天相而震惊，或不知所措，或惴惴不安，或欣喜若狂，或顶礼膜拜。据西藏奇书《神鬼遗教》预言，此异象为莲花生大师转世的圣迹，应运而生的孩子将来必定尊贵无比，有万佛朝圣之象，势不可挡。

七日同升，黄柱照耀，多么美丽的场景，却只为你仓央嘉措一人呈现！看哪！青藏高原最东方的天边出现了一抹曙光，在那里，一个不世出的伟人已然呱呱坠地，从此，青藏高原将迎来一个完全不同于以往的活佛时代——那个属于情歌王子的时代——就这样不可预知地拉开了帷幕。

公元1685年，已经两岁多的你，在被确定为五世达赖喇嘛的转世灵童后，就被第巴派人秘密接往错那的巴桑寺里奉养。这一切的安排都被桑结嘉措布置得异常严密，除了门隅地区的政教首领梅惹大喇嘛、两名得道高僧和两名经师可以随时随地服侍你照管你，外人均不得接近你，甚至连生你养你的父母至亲也不行。

你从小就非常聪明，在你五岁刚开始学习文字时，第一天就熟练掌握了三十个字母，并能上下加字、逐一拼读。在你七岁的时候，便在巴桑寺中正式学习佛法。八岁的你，已经开始学习《土古拉》《诗镜注释》《除垢经》《释迦百行传》等。这个时候，你还试着给远在拉萨的桑结嘉措写了一封信，说明了自己的学习情况。

与此同时，为对抗蒙古势力，桑结嘉措对中央清政府的态度表现得十分恭顺，并以五世达赖喇嘛的名义请求清政府册封自己为"藏王"；无独有偶，和硕特部固始汗的子孙及其支持者们，却无时无刻不在想着怎么推翻桑结嘉措在西藏的统治，重新掌握权势。

他们视桑结嘉措为眼中钉、肉中刺，蠢蠢欲动。

生死存亡之际，一个重要的人物走进了桑结嘉措的视野，他就是噶尔丹。噶尔丹是漠西蒙古准噶尔部的首领巴图尔珲台吉第六子，曾在五世达赖座下研习佛法。康熙九年（1670），其兄僧格在准噶尔贵族内讧中被杀；次年，噶尔丹自西藏返回蒙古击败政敌，夺得准噶尔部统治权。

噶尔丹是个有野心的人，一心想吞并内外蒙古，自立为王并覆灭清王朝。康熙十五年，噶尔丹打败并俘获其叔父楚琥布乌巴什，次年又击败和硕特部首领鄂齐尔图汗；十七年二月，又东向青海，行十一日后，恐驻守于甘肃关外的清兵断其后路，遂于中途回师；十八年夏，又接连两次出兵，占领哈密、吐鲁番，五世达赖喇嘛因此封其为"博硕克图汗"；二十七年，发兵进攻喀尔喀蒙古土谢图汗部，继而进军内蒙古乌朱穆秦地区，威逼北京。

为了巩固自己的政权，桑结嘉措不得不与同为五世达赖弟子的噶尔丹结盟。在噶尔丹一系列侵略兵变中，桑结嘉措多次假借五世达赖之名派出喇嘛，明为调解内外蒙古的纠纷，实则牵制固始汗子孙在藏区的权势。可惜好景不长，噶尔丹兵败如山倒，公元1696年，康熙皇帝御驾亲征，在漠北蒙古昭莫多（今内蒙古肯特山南）地方大破准噶尔，噶尔丹主力军被清军击溃，部众叛离，并于次年三月卒于科布多。

康熙皇帝从被俘虏的藏民口供中，获悉远在拉萨的五世达赖已经去世多年而第巴桑结嘉措却一直隐匿不报的实情。乍然闻听这个消息，康熙皇帝不禁雷霆震怒，本想召见五世班禅进京了解真相，却又被桑结嘉措以班禅尚未出痘及恐被准噶尔叛军于途中擒获等各种理由对康熙帝的邀请婉言拒绝。被拒的康熙帝盛怒难息，立即下诏对桑结嘉措严词痛斥，并意欲征伐。桑结嘉措自知兵力难抗，只得卑词自谴，辩称秘不发丧是遵从五世达赖临终遗言，原因是担心西藏政治、社会发生变乱，并说明转世灵童早已经找到，此时就在错那研学佛法。

在空前的政治压力侵袭下，公元1697年，藏历第十二饶迥火牛年，藏王第巴桑结嘉措宣布五世达赖喇嘛的转世灵童已经找到，而且已是一位十五岁的翩翩少年了。那年，十五岁的你，已经从一个稚童长成了一个体态均匀的美貌少年。在学习的间隙，你偶尔也会偷偷走出去，在寺院外散步，找寻你遗失已久的童趣。巴桑寺地处山南错那，属门巴族人聚集之地，该地抑制黄教，盛崇宁玛派红教，且生殖崇拜盛行，男欢女爱，情歌回旋，僧人可以和女子通婚，所以，这里的寺院周围经常都会回荡着一些缠绵的情歌，而这些情歌，亦常常打断你对佛教思想的冥想，让你产生一些莫名其妙的念头。

在巴桑寺的极远处，有一座雄伟的大山，那就是著名的苯日神山。在这座神山上，有一棵挂满了经幡和祭品的巨大神树，此树高耸入云，经常有云雾缭绕，望上去仿若置身仙境。你也经常倚在寺院的窗口探头远远地凝视这棵神树，懵懂地猜想着那些情歌中所歌咏的意蕴，直到有一天，你在寺外遇见赶着羊群从你身边路过的玛吉阿米，种种的猜测才戛然而止。

不观生灭与无常，但逐轮回向死亡。
绝顶聪明矜世智，叹他于此总茫茫。

你和年轻时的五世达赖喇嘛一样，无可救药地爱上了一个女人。你愿意为她生为她死，为她牵肠挂肚，为她肝脑涂地，为她赴汤蹈火。你不明白爱情为何有如此神奇的力量，可当你见到玛吉阿米第一眼时，你便开始意识到，这一生，这辈子，你都愿意无条件地为她做任何事。

那个时候，还没人给你讲过任何与五世达赖喇嘛的爱情相关的故事，在梅惹大喇嘛和所有的经师口中，你的前世阿旺罗桑嘉措根本就不是一个凡人，而是一个神，一个完美无缺的神，但这并不妨碍你对爱情的想象与向往——毕竟，你是一个门巴族人，你身上流着门巴人的血液，而你的父亲扎西丹增作为虔诚的宁玛派僧人，也曾和你的母亲次旺拉姆谈过一场惊天动地的爱情，所以在你的意识里，爱上一个姑娘并不是什么错，也根本不可能会是一种错。

你怎么可以跟一个姑娘走在一起，而且对方还是一个身份卑微的牧羊女？当梅惹大喇嘛一本正经地盯着你，企图说服你离玛吉阿米远些时，你才开始意识到，原来格鲁派黄教和宁玛派红教的教规有着天壤之别。作为格鲁派的僧人，是严禁娶妻生子的，而你作为格鲁派独一无二的宗教领袖，自然要带头遵守教规并严格执行，又怎么可以去跟一个姑娘谈情说爱呢？你娶不了她，你给不了她所有你想给她的幸福与快乐，你的出现只会给她带来痛苦，你的爱只会让她绝望让她窒息，所以你唯一能做的，便是迅速挥剑斩情丝，不要继续误人误己。

你怎么能够做到呢？你早就离不开她了，一日不见，如隔三秋。为她，你参不透灵魂是永恒的，参不透

第4卷 轮回

灵魂是无生无灭的，甚至不希望生命是有轮回的，因为你不想让自己也成为五世达赖喇嘛那样与爱情绝缘的圣人。为什么非要认定你是五世达赖喇嘛的转世？世上真的有灵魂，真的有轮回吗？佛经上说，那些参不透灵魂永恒的人，总是在尘世间追名逐利，总是陷身在男欢女爱的桎梏中无法自拔，从而让自己一再堕入轮回的循环中，可五世达赖喇嘛一辈子都与爱情绝缘，他不也照样轮回了吗？是的，他们都说前世的五世达赖喇嘛轮回成了今世的你，可你并不想成为他那样的圣人，即使堕入万劫不复的地狱，你也要勇敢去爱，大胆去爱。

梅惹大喇嘛说你聪明绝顶，可惜却用错了地方，他恨铁不成钢地盯着你连连叹气，佛爷啊佛爷，你可是尊贵的五世达赖喇嘛转世而来，怎么就为了一个卑微的牧羊女迷失了方向呢？你也瞪大眼睛盯着梅惹大喇嘛，很不服气地辩解说，在达旺，在乌坚林，甚至在错那，没有哪个僧人会因为爱上一个心仪的姑娘而受到困扰，为什么你就不可以按照自己的心意去接纳那个姑娘纯洁的爱呢？你不要听梅惹大喇嘛说什么这是格鲁派的教规，前人制定的教规就由他们去遵守好了——五世达赖喇嘛是五世达赖喇嘛，你是你，你们没有任何的可比性，即便你是他的轮回又如何呢？他活着的时候已经完成了他的使命，而你的使命便是用心去爱、认真地爱，不是吗？

第5卷 怅惋

心头影事幻重重，化作佳人绝代容。

恰似东山山上月，轻轻走出最高峰。

你喜欢用一颗赤诚的心去守护岁月，守护爱情，守护世间所有的欢喜与相聚，无论你是青葱懵懂的少年，还是白发苍苍的老人。世路沧桑，虽然你早已在途中跌碰得遍体鳞伤，却仍然向往那些久违的灿烂与璀璨，因为那时的笑容真的好美好美，美得让你甘愿用一辈子的时间去咀嚼，去品味。

尔虞我诈的世界，阿谀奉承的圈子，变化莫测的人心，这浮华的尘世，唯一能让你感到心安的，便是在你念起经咒的时候，依然记得她的过往、你的曾经。在日夜不休的酥油灯下，在刀光剑影的乱世中，你痛哭着一场场撕心裂肺的别离，然而，除了窗外呜咽的风声，并没有人陪你一起伤心，陪你一起难过，在对往事不断的追忆中，甚至连洛桑喇嘛的安慰，也都显得苍白又无力。

你是谁？为什么要来到这里？只因为格鲁派僧侣的一句话，便要断送你一生的欢喜与幸福吗？人人都渴望自己就是那高高在上的神王，那些曾经走出前世达赖喇嘛的家庭，无论是藏族牧民，还是蒙古贵族，都以活佛的降生为整个家族的荣光，现今说起来，仍是无限的自豪与骄傲。可有谁知道达赖喇嘛荣华富贵背后的艰辛与苦涩，又有谁能够体会他们在发号施令外的种种心痛与不得已呢？

在从浪卡子前往拉萨坐床的路上，洛桑喇嘛忍不住告诉你，你的父亲，那个被你称作阿爸的男人扎西丹增已经在数年前去世了。乍然听到这个消息，你整个人都蒙了，泪水唰一下顺着眼角侵袭了你那张纯真无邪的脸。这是你在正式成为活佛前听到的第一个噩耗，对你来说，这无异于晴天霹雳，但也就在那一瞬，你突然长大了，因为你第一次开始意识到，这样的噩耗，以后的以后，你还要经历更多更多。

阿爸正值壮年，他怎么就突然弃世了呢？他是虔诚的宁玛派佛教徒，一辈子都没做过任何坏事，而且他还有个身为活佛的儿子，为什么佛祖都不肯眷顾他护佑他呢？佛经上不是说善有善报、恶有恶报吗？阿爸那么和蔼慈祥的一个人，上天怎么忍心将他无情地带走？也就是从那个时候起,你开始对你研习的佛法产生了质疑,如果成为达赖喇嘛却连自己的家人都不能拯救,那么做活佛又有什么意义?

你很清楚,成为活佛,你的家庭必然会成为整个西藏仰慕的对象,你的亲人也会因为你显赫的地位受到乡邻与头人的照顾与帮助,可现在阿爸已经死了,你身上再多的光环与荣耀,对他来说又有什么意义?在你离开达旺前,阿爸阿妈一直过着清贫的生活,但他们一直都安于贫穷的现状,总是能在无尽的欢声笑语中,把近乎穷得揭不开锅的日子过得甘之若饴、风生水起。从你记事起,阿爸阿妈与生俱来的快乐因子,无时无刻不在影响着你,让你在很小的时候就理解了什么是快乐什么是幸福。

那样的家庭,其实并不指望你有朝一日飞上枝头变作凤凰,年轻的阿爸阿妈总是逗弄着在门前玩弄泥巴的你笑着说,不指望你将来大富大贵,只要你一生都健康平安,一辈子都吃得饱、穿得暖,他们便心安了。当然,当你被第巴从拉萨派出寻找灵童的僧侣秘密认定为五世达赖喇嘛的转世后,他们还是充满骄傲与自豪的,毕竟,千万万人当中才会出一个活佛,而你居然还是活佛中的活佛,是西藏的最高精神领袖,这概率实在比在路边牧羊时捡到价值连城的珍宝还要小很多,所以他们的欣喜也是溢于言表的。

当知道小小年纪的你马上就要被带往错那的巴桑

寺学习经文，且所有亲人都不能跟随前往，阿爸阿妈虽然很是心疼舍不得，但最终还是忍痛割爱，放任哭闹着不肯离开的你由喇嘛们带走。你知道，他们不是不爱，不是不疼，除了要维系整个家族的荣耀与尊严外，他们更多的想法是，做了达赖喇嘛，你的生活会变得更好，会吃饱，会穿暖，以后再也不用跟着他们吃糠咽菜，终日过着穷困潦倒的日子。让你走，他们有着太多太多的不得已，一开始，你对他们的行为很是不能理解，但随着年龄的增长、知识的积累，你慢慢意识到他们的无奈与对你的爱，所以在从错那启程前往拉萨的路上，你便暗暗许下了心愿，只要坐了床正式成为达赖喇嘛，第一件事就是派洛桑喇嘛替你去看望远在乌坚林的阿爸阿妈，给他们送去这辈子都用不完的金银珠宝、绫罗绸缎。

让你始料不及的是，还没等你抵达拉萨，在途中的浪卡子，居然等来了阿爸早已去世的噩耗。你不愿相信洛桑喇嘛带来的消息，可又无法不去相信，毕竟，出家人是从不会打诳语的啊！为什么？为什么？为什么这些年你给家里写了那么多信，能够识字断文的阿妈从来都是报喜不报忧，甚至连阿爸的死讯都一直瞒得水泄不通？你明白，阿妈是怕你分了心干扰了学习进而影响到前程，她不希望自己的儿子受世俗的情感牵绊，毁掉光明辉煌的人生，可她不明白的是，你并不想当什么活佛，你只想留在乌坚林，日夕承欢在双亲膝下，听他们一起唱情歌，看他们并肩坐在村口欣赏日出日落的曼妙风光。

你知道，阿爸天生一副完美的嗓音。他用那嘹亮悦耳而又充满磁性与感情的歌喉打动了你的母亲次旺拉姆，那个身上流着藏王血液的姑娘。作为藏王松赞干布的后人，你阿妈次旺拉姆出身于血统高贵的藏民家族，她的亲人根本就没把你的阿爸放在眼里过。在他们眼里，你的阿爸不仅一穷二白，而且一无是处，别说他们不可能把你的阿妈嫁给扎西丹增，就算任由他接近他，也会被认为是莫大的耻辱。可你的母亲铁定了心要嫁给你的阿爸，那个除了会唱歌什么也没有的穷小子，只因为她坚信，只要两颗相爱的心紧紧贴在一起，贫穷与富贵都是可以忽略不计的，于是，她很快就被赶出了家园，和你的父亲一起踏上了流浪的路途。

阿妈从没觉得跟着阿爸风餐露宿是在受苦，相反，她由衷地感受到和扎西丹增在一起的快乐是用万金都换不来的，所以，面对清贫的生活，她从未心生懊恼，更未产生任何的悔意。就这样每天都能够从早到晚地听扎西丹增唱歌，日子已经很完美了，为什么还要向往那些荣华富贵的生活？从小到大，她已经享受过锦衣玉食，可那样的生活她真的感受到了无与伦比的幸福与快乐了吗？不，物质的丰富并不能代替精神的贫乏，她见惯了亲人间为了一点点的蝇头小利，在满脸堆笑背后深藏的刀光剑影与尔虞我诈，本应亲密无间的亲情总是被凌割得鲜血淋漓，这样的生活到底有什么好的？她不要再眼睁睁地看着亲人之间毫无底线的你争我夺，所以，当简单得不能再简单的宁玛派僧人扎西丹增游方到她的家乡，用甜蜜的歌声打动她芳心的时候，几乎是想也没想，便投入他的怀抱。

你的阿妈为了爱情，为了一份人世间的清简，心甘情愿地与自己的贵族家庭脱离关系，跟着她心爱的男人，穿越千山万水来到了他的家乡——达旺的乌坚林。她没有被贫穷吓退，没有被破旧的房舍吓坏，没有被吃糠咽菜的日子吓哭，相反，她每一天都过得特别满足特别开心，无论如何，只要还能听到扎西丹增的歌声，她就会觉得生活是充满希望的。然，现如今，你的阿爸去世了，她再也听不到他充满柔情蜜意的歌声，这样的日子对她来说，岂不是世间最深的痛苦与煎熬吗？

阿爸死了，再多的金银财宝、绫罗绸缎，也不能让阿妈展开曾经的笑颜。你请求第巴允许你派洛桑喇嘛去乌坚林把阿妈接到布达拉宫颐养天年，以尽一个儿子该尽的孝道，可却遭到桑结嘉措的断然拒绝。他说你是活佛，是出家的僧人，早就与曾经生你养你的那个世俗家庭没有了任何瓜葛，怎么能因为你的私心，把一个毫不相干的人接到布达拉宫？什么？第巴竟然说怀胎十月才把你生下来的阿妈是与你毫不相干的人，难道做了活佛，你连阿妈都不能相认了吗？您是五世达赖喇嘛的转世，是观世音菩萨在人间的化身，次旺拉姆也只不过是你轮回再生的一个工具罢了，怎么能够为了她坏了格鲁派的规矩？桑结嘉措面无表情地盯着你说。可是……你还想争辩下去，第巴早就不耐烦地扬长而去，你知道，从那一刻起，你注定只是布达拉宫的傀儡，你说的话，不会有人尊奉，你的心意，更不会有人在意。

阿妈，孩儿不孝，不能在您面前尽孝了。第巴说，我是五世达赖的转世，人世间的母亲并非我真正的母亲，可五世达赖他老人家，也真的与那个生他养他的家庭脱离了关系吗？住在院墙高广的布达拉宫里，你感受到一种无与伦比的寂寞，与怎么也无法排遣的孤独，阿妈啊阿妈，你曾经一心想要逃离的荣华富贵，为什么还要让孩儿再去沾惹？第巴口中的五世达赖喇嘛简直就是神一样地存在，可慢慢地，你无意间听到一个从未听过的关于他的故事，也正是那个故事，让你不再把神圣不可侵犯的他当作一个神，而是一个活生生的平平凡凡的人。

一摇二摆
我们寂寞着就
走到了春天
而爱情
还没有来

贴着三月的韵脚
我寻来

你芳草萋萋的

等待

而你回首望断的

是我在桃花下

经年

守候的灼灼

最是留恋那

一片牵牛花吹开的

蓝天

因为

我指向的地方

便是你摇落星辰的

长河

原来，高高在上的五世达赖喇嘛也曾有过属于自己的爱情。公元1652年，阿旺罗桑嘉措从拉萨动身前往京师觐见顺治皇帝，途经西藏贵族仲麦巴的府邸，就在那天晚上，被藏民认为是观世音菩萨化身的五世达赖喇嘛受到了最为隆重的礼遇，由仲麦巴的主妇亲自侍寝。据说便是那一晚的温存，仲麦巴的夫人很快就珠胎暗结，并于第二年生下了这位西藏最伟大的神王的儿子，也就是而今掌握政教大权的第巴桑结嘉措。仲麦巴并不以献出夫人给五世达赖喇嘛为家族的耻辱，相反，因为达赖喇嘛在藏民眼中是现世的菩萨，所以，无论贵族还是平民，都以侍奉他为荣，而其时的阿旺罗桑嘉措正当盛年，自然是来者不拒，于是，一番假意的推让后便成就了一段秘密的佳话。

你还听说，虽然身为黄教教徒，但五世达赖喇嘛生前一直都是奉行红教仪轨的，而这一切都是人所共知的事实，根本也没有刻意隐瞒回避过，甚至在他的传记里，都以隐晦的笔触记载了他和仲麦巴夫人的逸事，说是这位圣体化身的观世音菩萨，在仲麦巴的家里遗落了一粒珍珠宝鬓上的宝珠。可为什么所有的经师都没有给你讲过这些？还有第巴，他明明是五世达赖的私生子，按理说他才是最最了解阿旺罗桑嘉措的人，可为什么他也是经常在你面前提起前世各任达赖喇嘛都必须遵守黄教的各种清规戒律？很显然，五世达赖喇嘛根本没有严格奉行前世达赖定下的规矩，甚至是不屑去遵守的，凭什么第巴就要求你必须遵守那些在五世达赖眼里什么都不是的清规戒律？

原来，所有的清规戒律都是可以被忽略被无视的，可为什么五世达赖喇嘛可以和仲麦巴的主妇发生私情，甚至还生下了儿子，你却连自己心爱的女人玛吉阿米的面都无法见到？难道，达赖喇嘛还要分出个高低来吗？不是说你就是五世达赖的转世嘛，既如此，你和他本就是一个人，为什么前世可以做的事，现世却不能做了呢？你不知道五世达赖喇嘛都为仲麦巴的主妇做过些什么，甚至都不知道那个女人姓甚名谁，但你坚信阿旺罗桑嘉措是真心喜欢她的，否则他是不会冒天下之大不韪，把和她的私生子带在身边并任命他为第巴的。你揣测，阿旺罗桑嘉措和仲麦巴的主妇一定不仅仅是一夜夫妻的露水情缘，当他从北京觐见完顺治皇帝回到拉萨后，第一件事是不是就是要紧赶着去看望那令他魂牵梦萦、朝朝暮暮想念了无数个日夜的妇人？是不是腆着脸皮，捧着大把大把顺治皇帝和孝庄文太后赏赐他的珍宝，脚步儿匆匆地想要去讨她的欢心？

总之，阿旺罗桑嘉措在拉萨城内收获了他想要的爱情，而你，他的转世仓央嘉措，为什么只能念着玛吉阿米的名字，高枕着回忆，将她日思夜想却不能亲近分毫？你也想像五世达赖喇嘛那样去勇敢地追逐属于自己的爱情，哪怕不能公开与对方大张旗鼓地出双入对，只偷偷摸摸地把那男欢女爱的故事进行到底，也不曾因为世俗的眼光而违背自己真实的意愿，可第巴，那个自诩道德君子的男人，他又怎么可能允许你公然破坏格鲁派既定的教规，任由你随心所欲地去爱去讨女人的欢心？教规教规，说白了就是针对你仓央嘉措一个人的禁锢罢了，可你又能如之奈何？手无寸铁的你只能乖乖地束手就擒，而唯一的反抗，便是换上俗人的衣裳、戴上假发辫，流连在八廓街的各家酒肆里，大碗地喝酒，大声地谈情说爱。

心头影事幻重重，化作佳人绝代容。

恰似东山山上月，轻轻走出最高峰。

　　费尽周章，你也不能回到从前，不能遇见玛吉阿米明媚如花的笑脸。你能做的，就是继续想她，继续在回忆里爱她，任心底曲曲折折的思念，一点一点地落入你举起的杯中酒里，然后，机械地重复着仰头的动作，将那饱含着你深情泪水的酒水一口气饮尽。

　　你深深地叹息，那些萦绕在心头挥之不去的种种念头，大概就是现实世界里物象的折射吧。这折射到心灵的事相魔幻重重，让你无法把握，可是，无论怎样虚幻重重，最终也都幻化成了玛吉阿米艳丽的容颜——清纯的、妩媚的、飘逸的——这美丽多情的少女，宛若冉冉升起于东山的月亮，悄无声息地便升到了山峰的最高处，而灵性的观照，也就于这一瞬间，迅速将通天的路径打开。当那臆想中的美少女出现之际，就仿佛是在百思不得其解的关头，突然沉浸于一个豁然开朗的意境，于仰头静观空灵如水的月亮之际，心生超凡脱俗的念头。

　　无数次沉浸在梦乡里不愿醒来，只因为唯有在梦里，你才能回到巴桑寺外的高原上，眼神深邃、心无旁骛地望向你所钟情的她，而她亦依然满面娇羞地望着你笑，那令人心醉神荡的幽会，于你而言，是藏在月光下最美妙的事情。月光洒落在冬季的拉萨城，洒落在八廓街酒肆堆满雪花的屋顶上，你侧耳听着门外呼啸而过的寒风，满面失意地斜倚在窗口，像往常一样，一边继续大碗喝酒，一边继续在静默中等待着，仿佛只要你肯等到拉萨街头的月光跟积雪一起，在狂风中交响成了悲壮的旋律，她便会悄然出现在你的世界里。

等啊等啊，无望的思念背后，她的面容已经幻化成悬挂在你仓央嘉措心中的那轮东山明月，永远定格在了你不息的相思愁绪里，而这一轮"轻轻走出最高峰"的拉萨雪夜里的月亮，也正陪伴着你无人能懂的孤独与对她的眷恋。

佳人已去，我何独存？三百年后的今天，当我在文字里仔细聆听着这一轮月光轻轻地叹息，也能深切地体察到作为六世达赖喇嘛的你当时悲怆欲绝的心境。"心头幻影"，是你灵魂深处照应着外物而幻化出来的意象吗？"乱重重"，也许便是那重重叠叠的幻影，交织着出世与入世的矛盾情结吧？超越红尘男女爱欲的出世的清苦修行，可以达成最终解脱烦恼的目标，但谁也不能否认，那入世的随意自在，以及和自己心爱的女子灵肉相融的快乐，也是实实在在、一览无余地呈现在了你的意识里。

成佛以普度众生，这是作为六世达赖喇嘛的你的毕生使命，可情窦初开的你，却在上天的安排下与那位美丽的牧羊女意外邂逅，这到底是你的错，还是上天的错？既然不能让你们两情相悦，既然非得让你们分离，又为什么要让你们相见相识呢？在爱上她却又离开她的那一年，十五岁的你成了西藏的精神领袖六世达赖喇嘛，但不幸的是，那位美丽少女的形象已经在你的脑海中定格，你很清楚，终其一生，你永远都无法将她忘却了。

在凡圣之间徘徊的你，也就将自我灵魂纷乱的幻影统统化成了佳人的绝代容颜。这美丽清纯的姑娘，那面庞就像东山上皎洁的月亮，温暖、柔和。轻轻，这词用得太好了，玛吉阿米在东山上轻轻一走，便走出了最高峰，由此可见你心目中的少女是多么的清丽曼妙。这幅绝妙的图像，一旦在你的脑海中出现，就跟见到了佛菩萨一样，顿生景仰之情。

这东山山上月的意象，可以让月夜下的游子联想到许许多多的情景。那姑娘就像东山山上月，轻轻飘出了最高峰，又会给景仰她的情郎带来怎样的感受呢？她轻轻一飘，就飘得那么高远，那无限眷恋着她的情郎还能抓得住她的手吗？看似平淡无奇的句子里，恰恰隐含了你无限的失落与惆怅，这跟古书里面讲的"镜中花、水中月"完全是一个意境。轻轻飘出最高峰的明月，便是美好少女的象征，当深深爱恋着她的情郎仰头一望，无法求取的失落与惆怅，也就不言而喻了。

第6卷 执 着

一自魂销那壁厢，至今窈寐不断忘。

当时交臂还相失，此后思君空断肠。

在烟火红尘中穿行，你放得下过天地，却始终未
曾放下过她，你最爱的玛吉阿米。莫非，真的与她前世
有缘？如若是，前世的她又会是谁？是五世达赖喇嘛初
出江湖时辜负了的那个女子吗？很多事，你不想去想，
不愿去问，更不要一探究竟，你已经很累很累了，那就
暂时放下心中的烦恼，沉醉在一个个体态袅娜的沽酒女
怀中，好好地体验她们给予你的温暖与温存吧！

酒肆里的老妈妈已经斑白了头发，她说她们家在
八廓街世代经营酒肆，到她这一代早已算不清到底在这
个行当做了多久，但她依然清晰地记得打她记事起时就
没有离开过这家酒肆，还记得那个第一次来她店里喝酒

便让她怦然心动的男人。那是个汉地来的货商，年纪比她大上许多，一看就知道是那种早就在家乡娶妻生子了的男人，可他为了讨好她，偏偏骗她说一直未娶，尽管她也心生疑惑，却因为爱他的缘故，不愿去深究任何的真相。后来，那个男人跟着和他同来拉萨做生意的乡人一起走了，临行前说好要带着聘礼回来娶她，可直到她一个人在痛苦中生下了他们的女儿他也没有回来，就连一封家书，或是一个口信，也没捎给过她。

她以为他死了，死在了来拉萨的途中。她知道，从汉地入藏的路途并不平坦，时常会出现可怕的泥石流，或是山石塌方的危险，很多往来汉藏两地挣辛苦的商人，一不小心就会从路边的悬崖上掉下万丈深渊，而往往都是尸骨无存。她没有嫁人，因为他说过要按汉人的风俗给她一个最为隆重的婚礼，而她也不想违背自己的意愿，嫁给一个完全不懂她也给不了汉家婚礼的藏族男人。在她看来，汉地来的男人要比藏族男人心思细敏得多，头脑也更精明，而最重要的是，他们更加懂得心疼女人，不像藏族男人那般粗陋无礼，所以，即便一个人，一边带着女儿，一边开着酒肆，日子过得很是艰辛清苦，她也不肯把自己和女儿的未来，交到一个连她自己都瞧不起的藏族男人手里。就这样，她用心地酿酒，卖力地沽酒，才含辛茹苦地把女儿一直拉扯到十五岁，让她自豪的是，尽管没有男人的帮衬，她依然没让女儿过过一天缺衣少食的日子，女儿亦始终都在她的教导下健康快乐地成长着。

再后来，女儿找到了自己心仪的藏族男子，她什么也没说，只是默默替女儿做了嫁衣，风风光光、热热闹闹地把女儿嫁了出去。汉地男子再好，也比不过藏族男人的知冷知热啊，虽然她表面上装得比谁都沉着冷静，但事实上，已经对自己年少无知的选择懊悔不迭。日子在看似有条不紊的秩序下继续着，然而，谁也没想到的是，女儿刚刚出嫁没多久，她居然在拉萨街头意外邂逅了压根就没死的他。她以为自己看花了眼，可尽管十五年的光阴已经过去了，但他就是被烧成了灰，她也是识得的。他不肯认她，而她也彻彻底底地认清了他的真实面目，从此不再与他发生任何瓜葛，哪怕是在女儿女婿双双遭遇变故、意外身亡之际，她也不肯接受良心发现的他给予的任何帮助与眷顾。

女儿给她留下一个嗷嗷待哺的小外孙女。自此，她又当莫啦（外婆），又当阿妈，硬是一个人，把小姑娘拉扯成而今就坐在你对面陪你喝酒的那个如花似玉的大姑娘。你喜欢她的外孙女，也许是身世凄恻的缘故，她不似别家酒肆里的沽酒女那般热情活泼，而这也总是引起莫啦对她的诟病，可没来由的，你就是喜欢她，甚至这种喜欢从来就不包含任何亵渎的意味，你压根就不承想过要与她发生肌肤之亲，更不曾有过想要调戏她与她游戏人生的念头。但她的莫啦并不这么想，一头白发苍苍的老妈妈竭力想要撮合你和她的外孙女，甚至向你暗示，愿意把她唯一的外孙女送给你做侍妾。

你不知道老妈妈之所以生出这种念头的真实意图是什么，也许是见钱眼开，看你每次出手都那么阔绰，才想用手上唯一的本钱——她貌美如花的外孙女，来牵绊住你，扔下更多的金银财宝、珍珠玛瑙，但或许她就是看透了世事，洞悉了人心，不想让自己唯一的外孙女继续如她一般悲惨的命运，所以期望你能给姑娘一个好的归宿，好让姑娘的下半辈子都在衣食无忧中度过。是的，你是很喜欢眼前这个姑娘，但你并不想娶她，更不想伤害到她，你连玛吉阿米都不能随心所欲地去爱，又如何能够给得了姑娘一个美好的明天呢？

　　老妈妈的酒肆已经显得很陈旧了，但这里却是你在八廓街上最最喜欢流连的地方。老妈妈总是抓住机会，不停地给你讲述她过去经历的故事，而你从来都只是静静地听、认真地听，不去打扰，也不曾打断过她。燕子飞回来又飞走了，来年的春天，它们还会回来吗？咫尺天涯，你和玛吉阿米已经在隔了千里的距离中，互相石化成了彼此的海角，又有谁还能够在经久不息的思念中成长为彼此永恒的牵挂？第巴的权威，你抗拒不了，格鲁派的教规，你逾越不了，所以，你只能徘徊在一间如梦的酒肆，不需要繁华，不需要花团锦簇，只要一个知心的人陪着你，焚一炉香，品一壶花间酒。

　　老妈妈的故事讲了一遍又一遍，每次你都能从她突然忆起的一段从前从没讲过的过往中，听出些许的惊喜与满足。是的，那段爱情尽管苦涩，但仍给她带来过很多的惊喜与满足，而你一抬头的瞬间，便发现，哪怕那些老生常谈的故事已经盘桓在老妈妈心底数十个年头，但时至今日，她依然还为那个负心的男人守候在爱情的渡口。爱情是个说不清猜不透的话题，那夜，你再次撇下满面娇羞的姑娘，一个人和衣睡在她家整洁干净的阁楼上，面对月亮，渐渐入梦。

梦里，你看见了山南旖旎的风光，而她，你多情的玛吉阿米，正满面疲惫地慢慢走在你来时的路上。她遇见了那缕拂过你的风，你也梦过你爱过她，只是，梦醒之后，一切复归沉寂，你只能继续徜徉在老妈妈经营了大半辈子的酒肆里，面对着你喜欢的姑娘，在心里为远方的玛吉阿米许下一场永远的天荒地老。你就着落满金色阳光的酒液，喝下一杯又一杯的等待，终于忍不住在心底叹息着说，就算知道有些爱情逃不过天网恢恢，你依然还会心甘情愿地等下去，就像南飞的雁总会北归，她也终会再次出现在你的世界，与你缠绵，从此，无喜，亦无悲。

知道吗，悄悄把你
等待的
并不是江枫渔火的
忧愁

拉开欢喜的心弦

请跟我一起

去听拉萨河唱一曲

白云流星的歌

有一种依恋是

慢慢

走进你的微笑里

我要用一朵桃花唤醒

春天的风采

让你用一支画笔窈窕着

踱进我明媚的

春光里

如果找不到桃花的

身影

那就点一盏灯

在袅袅

升起的青烟中

听桃花绽放的

声音

你总是希望岁月静好、现世安稳，可世事总如起
伏的浪花，亦静亦动，让你无法洞悉最真的真实到底是
什么。所以，你只能把所有的悲喜都融在酒中，在半梦

半醒之间，看光阴如水，缠缠绵绵，看烟火人生，浮浮沉沉，然后，点一炉心香，任往事和着半喜半忧的面庞，在风中轻轻地飞舞，飞扬。你喜欢这世间所有的遇见，遇见每一个和你结缘的她或他，遇见所有美好的事物，包括与你朝夕相处的心，那一颗历经沧桑却依然保持初衷的心。你知道，你生命中最美的遇见，就是那个骑在白牦牛上，挥舞着鞭子驱赶羊群的玛吉阿米，只一个回眸，她的温婉，她的美好，她的娴静，她的任性，便通通落入你的眼底融进你的心坎，成为你的记忆永远都不可分割的一部分。

　　确切地说，你是在她的每一个秋波流转的眼神里认识她了解她的。你爱她举手投足间流露出的健康平和的美，一眼痴情，遇见的刹那，便觉得仿佛拥有了一座天堂城堡，那城池若琉璃般晶莹剔透，里面长满了叫得出名字叫不出名字的参天大树，白云沉静似水，蓝天广阔如海，五颜六色的花草描摹着缤纷多彩的岁月，而你，就是在她脚下静静流淌的那一泓溪水，心甘情愿，只在她的冶艳里折射你万般的风情。伸出左手，紧紧握着她纤若柔荑的右手，指尖的触碰，让你感受到她自身体深处喷涌而出的温柔，你知道，那是一簇簇根植在心底的高洁，只与你途中相见，一个倾心的微笑，便让你拥抱了一整个春天的温暖与幸福。

　　你惬意地在她的精神世界里流连忘返，如鱼得水。每每望着她如花的美颜，你便相信经书里说的生死轮回，相信岁月是有记忆的，因为唯有如此，你和她才会沿着前世的约定，穿过时光的隧道，走到今生的遇见里。你轻叹，这世间所有的相遇，都是久别重逢，再次邂逅在滚滚红尘里，你和她相拥在格桑花开的原野上，心潮澎湃地感受着相遇的喜悦与激动，一点点地，贪恋上她额角卷曲的鬓发，和她眼角潜藏的温柔的笑。她的纯真与无瑕，让你愿意相信，即便未来同行的路上会遇见坎坷与荆棘，会历经沧桑与疼痛，但有了她暖暖的笑意，所有的委屈与不甘，都会随风飘去，烟消云散。

你爱她，那浓烈炽热的爱，就像开得如火如荼的杜鹃花，漫山遍野，无边无际。然而老天爷似乎并不打算成全你们，仅仅是一夕的转身，你和她便背道而驰，越走越远。你伤心，你难过，杜鹃花也迅速凋零在枝头，冷落成一整个季节的伤，而你即便已经踏上前往未知世界的遥远路途，还是相信，纵使世间再无花开，你的眼角仍然会为她溢满甜甜的泪花。她走了，悄悄地走了，而你也被第巴派来的僧侣请上了北上拉萨的马车，那一瞬，你泪落如雨，忍不住在心底一再地盘问自己，是不是，离开了错那，离开了玛吉阿米，也就预示着你与她从此只是路人？不，你不要做她的路人，你要做她的良人，可你又很清楚，曾经被你攥在手中的爱情正在与你渐行渐远，天注定，你终究是她故事里的局外人。

好想与她牵手走过一生的路，好想和她一起在红尘中植一株爱的菩提，用一颗不老的初心在树下煮一壶爱情的青稞酒，任四季辗转，相望笑谈的，总是彼此之间琴瑟和鸣地相融相知。与她携手走过的路上，每一步都能遇见你想要的惊喜，即使爱的拐角九曲十八弯，也未让你心生疲惫，只因为爱的天空下，那满城弥漫的花香，都是她的笑她的暖，是她对你的依恋与包容。你知道，是她的陪伴，催开了你脸上消失了许久的笑容，让你平淡无奇的世界变得璀璨亮丽，所以你始终都沉醉于有她做伴的日子，不去想从前，也不去憧憬未来，只默默享受着她带给你的所有明媚温好，哪怕走着走着，突然发现前面横亘着一条大河，可却没有舟船把你们载到对岸，亦找不见任何的渡口，你也不会心生彷徨，只是张开双臂紧紧搂着她，在丝丝的凉意中，安静地守候着未知的希望。

你坚信，只要有她陪伴在你左右，终究会从远方缓缓驶来一叶小舟，载着你们去向任何你们想要去的地方。长河浩瀚，你不埋怨凉风吹乱你相思的长发，只祈求掠过她眉梢的光晕能够立刻点亮你深爱的双眸。遇见她，爱也跟着来了，在最深的红尘里与她并肩胼足，每一次呼吸都是禅修，每一次脉动都是欢爱，她不离去你不会退场，这场盛大的重逢，即使擦肩而过，亦注定，你终究，不会辜负那一颗为你痴情绽放的心。

一自魂销那壁厢，至今寤寐不断忘。
当时交臂还相失，此后思君空断肠。

你从没想过她会从你的世界消失，也从没预设过失去她后，你该如何在一个人的世界里，把曾经的欢喜继续演绎下去。你累了，手握一卷青词，你只想把爱的诗句，一一化成希望的种子，撒向净水池塘，看莲花在风中悠然绽放，听梵音由遥远的方向逶迤而来，然后，一个人，悄无声息地，偎在灯火阑珊的角落里，用一支情歌的曼妙，追忆那些被你弄丢的人间至欢，在清婉缥缈的曲调里，再次以最明媚最动人的姿势，抵达她最干净最剔透的心扉。

　　叹，再多抒情的文字，也无法温暖你那颗寂寞孤独的心，脱下的袈裟像是一张死寂的狐皮，由里到外，每一个方寸，都写满了你的失意与恐惧。你害怕，你彷徨，你不甘心，带着一身的疲惫与落寂，你一次又一次地走在人头攒动、摩肩接踵的八廓街上，用美酒麻醉你那颗总是因为思念蠢蠢欲动的心。你走马灯似的出现在拉萨街头的每一家酒肆里，你与不同的姑娘们调情，在苦笑中回忆起那个在远方等候你的人，心痛莫名。

　　你知道，即便脱去了袈裟，你也不可能再抵达她的温暖。所以你唯一能做的，就是暂时忘记你自己是谁，继续以宕桑汪波的名号，走遍拉萨城所有的酒肆，微笑着拉过你遇见的每一个姑娘的手，半真半假地告诉她们，她是你见过的最美的姑娘，你真的很喜欢和她们在一起的感觉。然而，你真的忘得了吗？坐在老妈妈心爱的外孙女对面，你依然清晰地记得自己的名字，记得你渴望遇见的那个女子是在巴桑寺外放羊的玛吉阿米，原来，即便你喝光天下所有的酒，你还是无法忘记自己是谁，更忘不了你内心经受的种种煎熬与磨难。

是的，你忘不了。尽管年华总在老去，岁月总在轮回，你与她三生约定的记忆却从未曾褪色，依然鲜艳如初，灼灼其华。前路漫漫，长满鲜花与荆棘，疲惫的你，已然赶不上老天爷编排故事的脚步，但你依旧还会在心底深情地祈祷着，希望佛祖能够施恩于你，让你在最不经意的那一刹，与她在花开锦绣的陌上微笑重逢。

在爱的城堡里，每个人的心中都住着一个或是多个故事。你从不想将它们隐藏，更不想把它们从心尖剔除，就这么冷眼看着它们驻守在来时的地方，不增不减，不生不灭，不也是一种深情的纪念吗？别离还是相聚，都隔着一段唯美的曾经，与她失之交臂后，唯一令你感到欣喜感怀的是，无论何时何地，你从不曾忘记，那一年、那一月、那一天，两个萍水相逢的人惺惺相惜，不经意的抬眼，便铸就了万世不朽的佳话。

还记得吗，那一夜的温存，她让你成了一个真正的男人？天为幕，地为席，花为媒，翩翩起舞的蝴蝶是你们爱的见证，直到现在，你都无法忘却那销魂的一幕，更无法和前尘往事说一声再见后便一刀两断。她的美艳，她的风流，令你深陷爱的港湾，久久不愿起身，总是贪恋她额间的一抹花红，然而，再多的缠绵缱绻又能如何，就算彼此整天都腻在一起，最终不还是错失在阡陌红尘里，从此，一个天涯，一个海角，只任你思念到断肠？

回来吧，玛吉阿米，我在拉萨的八廓街等你。你依旧坐在老妈妈的外孙女对面，望着她可人的面庞，喝下一碗又一碗为情而酿的苦酒。老妈妈依旧佝偻着身子坐在破旧的木门边，漫不经心地给你讲述着那些几乎已经老得掉牙的故事，而你依然听得津津有味。你知道，老妈妈依然指望你把她的外孙女带回家做你的侍妾，给她一份安稳的生活，而你并不打算满足她的心愿，只是一味地在她面前装着糊涂。那个大雪封山的深夜，老妈妈终于打破了以往与你达成的默契，要你天亮后就带着姑娘离开，永远都不要再回来，而你只能继续以沉默回应。

她不会再回到你身边的。老妈妈几乎以决绝的口气跟你说，你所有的痛苦都源自你那常人难以理解的执着。不就是一个女人嘛，走了的便让她走好了，再重新找一个更好的不就好了？你望着老妈妈无言以对，此时此刻，你什么也不想说，更不想给予任何承诺，她却趁热打铁地继续以过来人的身份唠叨着提醒你说，谁年轻时没犯过执着的病？你看看我，不就是因为执着于一念，白白把如花的青春都葬送了？人生一世，就是来受苦赎罪的，日子本就辛苦难熬，为什么还要自己给自己添烦恼？孩子，你听我老婆子一句肺腑之言，放下执着，便是晴天，走过了荆棘，何愁不会遇见姹紫嫣红的春光？

执着？你对玛吉阿米的爱和放不下，都是源自一己之私的执着吗？或许是，或许不是，你也弄不清楚。但即便是，又有什么不好？你愿意为她执着，愿意为她苦为她疼，愿意为她思念着痛到断肠，这是你的选择，是神王的选择，亦是西藏的选择，佛祖的选择，不是吗？独坐西风的寒凉里，她十指纤纤为你翻开的纸笺，依旧是你最深的清欢，此时此刻，念与不念，她都在这里，即便与你约好千年的等候，怎样都是深情。

第7卷　宿　命

细腰蜂语蜀葵花，何日高堂供曼遮。
但使依骑花背稳，请君驮上法王家。

　　布达拉宫，是你的牢笼，也是你的圣殿。当你从
遥远的巴桑寺启程，经过一路颠簸抵达圣城拉萨，第一
次近距离地靠近红宫时，你一生的悲剧便就此拉开了盛
大的序幕。你知道，这是你的宿命，无法逃离，也无力
改变，向左，是接近佛祖的天堂；向右，是滑向地狱的
深渊。只要稍不留神，你非但领悟不了经文的真谛，还
会跌得粉身碎骨。

　　你还记得，藏历第十二饶迥火牛年九月，前往拉
萨的途中，你和护送你去布达拉宫的随从在浪卡子短暂
停留，在那里等候特地从日喀则赶来的五世班禅罗桑益
西贝桑布（以下简称罗桑益西），前来替你授沙弥戒的

情形。受过沙弥戒，你就算是正式出家了，那一瞬，你心痛欲裂，可你无力抵抗，作为五世达赖喇嘛的转世灵童，这是你的人生中必须经历的过程。没有人知道你有多么不愿意成为格鲁派的僧人，也没有人表示理解你对玛吉阿米付出的真情，更没有人在意你心里想了些什么，总之，所有人都认为你从出生的那一刻起，就注定要继承阿旺罗桑嘉措的衣钵，不管你愿不愿意，喜不喜欢，都必须把你送上神坛，让你代替早已圆寂的五世达赖喇嘛，做他们的神王，做他们的精神领袖，赐他们幸福安康，赐他们欢喜快乐，赐他们一辈子心想事成。可这一切，你真给得了他们吗？你只是一个乳臭未干的少年，他们凭什么相信你能带给他们想要的一切呢？

五世班禅罗桑益西是个慈祥的活佛，每次与你独处时都面带笑容，那笑，纯净剔透得就像一朵盛放的莲花，望一眼，便能让人如沐春风般心旷神怡。你喜欢和五世班禅单独相处的感觉，他平和的语调、温柔的眼神，总能让你想起死去的阿爸，所以当他对你宣讲"沙弥十戒"时，你并没有太多的抵触情绪。虽然与具足戒相比，沙弥戒根本算不上什么，但要真的持戒修行，也不是桩易事，不杀生、不偷盗、不淫欲、不妄语、不饮酒、不著香华鬘不香油涂身、不歌舞倡伎不故往观听、不坐高广大床、不非时食、不捉持生像金银宝物，这十条你大多都可以做到，唯独无法做到不淫欲，因为那等于宣判了爱情的死刑，你又怎能轻易就范？

你爱玛吉阿米，你并不打算为了修行而放弃爱情，放弃你心爱的女人，事实上你从来都没想要出家，也没想当什么活佛，你从达旺来到错那，又从错那来到浪卡子，都只是在被动完成第巴桑结嘉措的意愿，而你不明白的是，为什么你必须要为一个与自己本来毫不相干的人去做自己压根不喜欢的事呢？你知道，这就是你的命，当阿爸阿妈放任你被第巴从拉萨秘密派往门隅寻找转世灵童的僧侣带到巴桑寺学习时，你就注定会成为布达拉宫的主人，成为格鲁派的教主，成为西藏的精神领袖，成为藏民心中的太阳，而坐到这个位置上，就必须出家持戒，与爱情绝缘，与世俗的男欢女爱背道而驰。可这命，真的无力改变，只能一味顺从吗？

你毫不隐瞒地把你和玛吉阿米的秘密向五世班禅和盘托出。你不想欺骗这位英明神武的大活佛，所以你想仔细听听他的想法。五世班禅听完你和玛吉阿米的故事后，并没有表现出一丝一毫的惊讶，相反，他很从容，只是淡定地告诉你，你是五世达赖喇嘛的转世，所以无论遇见怎样的烦心事，也都应当以前世达赖的言行为你今世言行的准则，为千千万万个藏民做好表率。五世班禅既没有反对你也没有支持你，他相信假以时日，你自己会做出最好的选择，并断言你现在还太年轻，等再多读几年书，就会明白他今天对你所说的话都只是为了你好。你喜欢这个班禅，喜欢他的睿智，喜欢他的平易近人，喜欢他谦谦君子的品格，所以尽管你内心并不想要过持戒的生活，还是平静地接受了他为你授的沙弥戒。

等到了拉萨，到了布达拉宫，举行过神王的坐床典礼后，你便是名副其实的第六世达赖喇嘛了。从小到大，你一直生活在山高皇帝远的山南，远离西藏政治中心，所以在你的意识中，对自己日后会成为达赖喇嘛并没有太过直观的感受，也从未把这桩事放在心里过，直到梅惹大喇嘛出面阻止你与玛吉阿米相见，你才意识到将来成为活佛时你会因此失去些什么。浪卡子距离拉萨并不遥远，眼看着自己马上就要成为西藏的神王，你有一点点激动，甚至有一些些期待，但更多的则是莫名的彷徨与恐惧，你真的害怕就此彻底与爱情擦肩而过，与你心爱的玛吉阿米永远失之交臂。

五世班禅给你授过沙弥戒后，十月，你便和罗桑益西一起跟着大队人马，启程赶往这次长途跋涉最后的目的地——圣城拉萨的布达拉宫。屹立于玛布日山上的布达拉宫，在你抵达之前，一直是一座存在于传说中的宫殿，金碧辉煌，美轮美奂。负责给你授课的经师们早就给你讲过，那座华美的宫殿始建于公元631年，是当时的吐蕃王松赞干布为迎娶来自大唐的文成公主特地营建的。"布达拉"是藏语，意为菩萨居住的地方；布达拉宫俗称第二普陀山，是西藏政教合一权力中心的最高象征。

抵达拉萨的那一刻，天还没有亮，第巴桑结嘉措却早早就在布达拉宫前的广场上等待着你。为这一天，

相见何如不见时3：仓央嘉措，让我住进你心里

他已经等待了整整十五年。从十五年前，五世达赖喇嘛阿旺罗桑嘉措去世的那个下午起，一直到你和五世班禅一起出现在圣城的那一刻，他一直都在等待着你的到来，等待你和他一起实现五世达赖喇嘛的遗愿。他表情肃穆地看着身子有些单薄的你，忍不住在心里犯着嘀咕，难道这就是神圣的五世达赖喇嘛的转世灵童吗？五世达赖未竟的事业还很沉重，未来要走的路还很漫长，这个看上去年幼得有些孱弱的少年，果真能承受得住种种重压吗？

你也抬起头望向他，目光清澈而纯净。从你很小的时候，就听说过桑结嘉措的种种事迹，没想到，这一次，自己真的能在如此近距离下面对他，而且还是跟他对视，这让你有些激动又有些心慌。你们对视良久，终于，桑结嘉措伸手朝他身后那座巍峨壮丽的建筑指了一下，神情肃穆地告诉你，那，就是神圣的布达拉宫了，也是你以后要生活的地方。

你顺着他手指的方向看过去，在你们身后的小山上，一座雄伟的宫殿矗立在寂静黑暗中，神圣而庄严。忽地，漫天的霞光冲破云层直铺下来，天空中瞬间裂开了一条缝隙，缝隙中金光四射，斜斜地映射在布达拉宫的城墙上，仿佛万佛出世，光辉而壮丽。你站在那里，一动不动地看着，脸上露出震惊与喜悦的表情。不知道为什么，那一瞬间，十五岁的你，心中充满了感动，仿佛你之前付出的所有努力，都只是为了等候

第7卷 宿命

087

这个时刻的到来。

逐梦高原
你的等待从不
寂寞

抬头
望
谁是谁在水一方的
镜中花

笑看红尘
撑破一纸
胭脂
只是陌上烟雨
春归时
而你未曾
听过冬去春来的歌
那相思比海长

踩云，踏歌
我在你并不深情的
目光中
用心剪下一缕青春的

白云，要让洗过

千百种

花红的流水

带我去没有你的明天

流浪

　　布达拉宫，我终于来了！从门隅到错那，再从错那到拉萨，虽然路途很遥远很坎坷，但你终究还是来到了这里，然，这里果真是你要度过一生的地方吗？你不知道，你只看到刚刚还被五彩祥云缭绕的天空，突地便被迅速涌来的大片乌云遮住了所有光芒，你的心咯噔了一下，一种不好的预感油然而生，莫非，你真的再也不能邂逅山南明媚的阳光，再也不能自由自在地追逐自己想要的爱情了吗？

　　史书记载，那年藏历的 10 月 25 日，你在布达拉宫白宫的司西平措大殿，在蒙古丹增达赖汗和第巴桑结嘉措等藏蒙僧俗官员的拥戴下，举行了隆重的坐床典礼。桑结嘉措在给大清康熙皇帝的奏折中用毋庸置疑的文字写道："至认定六世达赖一节，自一世达赖根敦珠巴以来，历代达赖、班禅等，均物由活佛认定之前例，切六世达赖转世，犹一手不能遮掩他样，非人力所能为，更无须由活佛认定。"于是，康熙皇帝亦派出章嘉国师前往拉萨授予封文，正式承认你为第六世达赖喇嘛。

　　当你第一次看到这气宇轩昂、金碧辉煌，每一个角落都展示着西藏神秘本色的雄伟大殿时，身穿紫红色 氆氇的喇嘛们也毅然吹响了迎候活佛归来的法螺。踏着 那感天动地的梵唱声，你终于步入了那深沉内敛而又不 显张扬的神秘王国之中，只是，这真的是你该来的地方 吗？你不知道。

雄伟壮丽的白宫里，目光所及之处，所有的信徒 都持无我状，入定且投入地轻敲着木鱼，口中念念有词。 这样的念经声铿锵有力，它回荡在浩大的白宫四周，给 千年的宫殿增添了些许人气，然而，他们究竟是在欢迎 你的到来，还是在为五世达赖喇嘛以新的皮囊盛大回归 而鼓舞欢欣？

你真的是人们口中传说的五世达赖喇嘛的转世灵 童吗？虽然很小的时候，在家乡达旺，你曾说过一些令 人惊异的话，但随着年龄的增长，你早已把那些被信徒 奉为圣迹的话语忘得一干二净。你只是宁玛派一个普通 僧人的儿子，又哪里会是伟大的五世达赖喇嘛的后身， 人们又怎么能够把你无忌的童言当真呢？不，你不是， 不是五世达赖喇嘛的转世灵童，也不想做什么活佛，你 只是一个普普通通的门巴族百姓，你只想娶心爱的玛吉 阿米为妻，才不要做什么六世达赖喇嘛呢！

喇嘛与信徒们继续诵经，香烟缭绕处，朦胧中， 你看不清念经人的脸庞，不能透过他们的双眼去猜度他 们的内心，是否也在心甘情愿地随着那一具具硬邦邦的 木鱼诵经，你只是冷冷地看到，佛殿正中那高大的佛像

相见何如不见时 3：仓央嘉措，让我住进你心里

竟然面无笑容、神情严峻，正以一种居高临下的眼神注视着你。

　　其实，喇嘛们是不是真心崇敬你，又有什么关系，你根本不想做什么活佛，如果不能与自己心爱的人在一起，再多的荣华富贵，于你而言又有什么意义？活佛，活佛，活佛到底是为了什么存在，为了超度世人的苦与痛吗？默默凝望着那具面容冷峻的佛像，你不禁猜测着，佛祖是不是只有这样才能真正看清世间的一切苦难，在适当的时候出手施以拯救呢？可是，你的苦，你的痛，佛祖看见了吗？

　　山中山，城中城，人上人，云上云，坐床的典礼显得相当隆重。连续不断的诵经声中，你依稀感到自己被蒙上了圣洁的光芒，但那同时也是一种缥缈虚幻得接近不真实的感觉。因为这一切都是那么不可思议，却又来得如此真实。一触即觉的荣华，满满地将你包裹其间，你仿佛站在云端向下探望，又如同乘坐在巨大的雕鹰之上。近在咫尺的云彩，远处清晰可见的雪峰，八廓街上穿戴整齐、激情澎湃的藏民，拉萨城满目五彩渲染的建筑……一切的一切，都显得美好而热烈，却离你的故土遥不可及。你知道，你离故乡已经遥远得不能再遥远了，而玛吉阿米，也终于在你眼中模糊成了一个不可触摸的幻影。

　　在坐床典礼上，第巴桑结嘉措向众人郑重宣布，五世达赖喇嘛的转世活佛六世达赖喇嘛已经产生了，他就是年轻俊美的你——仓央嘉措。十五岁的你坐在高高的台子上，有些紧张，也有些激动。第巴桑结嘉措给你讲述了经师们早已向你灌输过的有关你前世的所有信息，以及五世达赖喇嘛的卓越功勋，并且勉励你也做那样一个富有伟大功绩的喇嘛。那一刻，你忽然忘记了玛吉阿米，只觉得自己肩负的担子很重，浑身上下都溢着一种无法用言语表述的民族的自豪感和荣誉感，但同时也感到深深的内疚与自责。原来这就是活佛，自己真的就成了活佛，可是，成为活佛的代价，就是再也不能与心爱的女子厮守一生，甚至连想也不能想，这份荣誉与尊贵，你真的承受得起吗？

"仁波切"！"仁波切！"宫殿下的藏民齐声欢呼着。"仁波切"是藏文，意指"珍宝"或"宝贝"。这是广大藏族信教群众对活佛敬赠的最为亲切、最为推崇的一种尊称。你目光炯炯地注视着台下的人群，内心却是波涛汹涌。从此以后，自己便是西藏最伟大的活佛了，从此以后，你将接受万人景仰，可你连爱情都不能给予自己心仪的女子，又能给这些崇敬你的信徒些什么呢？

凝眸处，你看见，布达拉宫所有转动的经筒，都镌刻着日月星辰，重复演绎着摇不断、搅不散的神圣。那神圣，看似离你很近，实则离得很远。你在面众的佛床上跏趺而坐，背对着从广场上透进来的万丈阳光，却只感到冷风飕飕，身体忍不住有些发抖。然而，你却不能在意太多，因为你是活佛，你的目光只能落在一张又一张为了瞻仰你而来的虔诚的脸上。来布达拉宫的都是你的信徒，你的臣民。他们或害怕自然的威力，或不堪命运的迭变，而来求助于你，求你赐福于他们。你看着这些受苦的人群，却不知道自己何德何能可以帮助他们脱离苦海，心，不禁惶然。你只是按照桑结嘉措在坐床前一再嘱咐你的话，轻轻举起手放在信徒们的头上，但这样就真的能让他们的苦痛消失吗？

　　众星捧月的至尊位置，前世法王的盛德，还有这种自心底深处涌起的无法克制的不安，都让你无法安于禅位之上。你不禁抬起头，望着此间白宫里最至高无上的佛祖，在心里默默追问着自己：我或者是他，真的就是人间所有苦难和不幸的终结者吗？迎接我的，还是他那永远岿然不动的高大身躯和淡定从容的稳重面容，仿佛真的足以蒙受世间所有的欲望，不让人间的幻想幻灭。但是假如真的如此，那么作为佛，他或者是我，究竟要付出多大的代价？

　　你迷惑了。

　　你知道，入主布达拉宫是你的宿命。每个人都有自己的宿命，你有你的宿命，第巴有第巴的宿命。作为布达拉宫实际的掌权者，顶着藏王荣耀的第巴桑结嘉措，从他第一次迈进圣殿门槛的那一刻起，便注定他要通过不断地斗争与抗争，在夹缝中求生存。这无疑是火中取栗，但他和你一样没有选择，为了履行五世达赖喇嘛的遗愿，为了西藏的政教大权不再受蒙古和硕特部的掣肘，为了西藏更加光明辉煌的明天，这个得罪人没商量且惹人厌恶得牙根痒痒的狠角色，他必须演绎到底。

坐床之后，你被第巴送往黄教六大寺之首的哲蚌寺生活，在那里继续跟随德高望重的经师们学习各种必要的功课。与此同时，西藏也正在历经前所未有的风云变幻，而这一切，第巴都是瞒着你的。公元1700年，藏历铁龙年，蒙古丹增达赖汗在西藏去世。丹增达赖汗去世之后，长子旺札勒汗继位，然而不久，丹增达赖汗的次子拉藏鲁白便毒死了长兄，承袭了父兄的职位，自号为拉藏汗。这是个野心勃勃的家伙，从称汗之日起，便妄图控制整个西藏，重新恢复固始汗时蒙古统领西藏的时代秩序。在哲蚌寺学习的你并不知道，拉藏鲁白早就在各种场合，明里暗里攻击桑结嘉措"以一年幼的达赖喇嘛为护符而掌握黄教政权"，并企图率领和硕特等蒙古部落首领不承认你这个六世达赖，硬把你说成是一位冒充的假达赖。

其时，桑结嘉措面临的绝不只是拉藏汗对你神王位置的挑衅。还有一件非同小可的大事件不得不说，便是在那几年中，康熙皇帝御驾亲征，三次征讨蒙古准噶尔部，大败与之作对经年的噶尔丹，最终以噶尔丹兵败自杀收场。噶尔丹死后，康熙对身为噶尔丹同门师弟兼盟友的桑结嘉措的种种不满也渐趋白热化。在康熙眼里，首先，桑结嘉措敢于长期隐瞒五世达赖喇嘛早已圆寂的事实，这无疑是对清廷的公然藐视；其次，南方三藩之乱发生时,桑结嘉措并没有出兵云南帮助清朝政府平藩,这自然不能讨得清廷的欢心;第三,也是最重要的一点是,康熙的眼中钉噶尔丹,正是五世达赖喇嘛的大弟子、桑结嘉措的师兄。这三条加在一起,早已引起康熙对西藏的侧目,自然够桑结嘉措好好喝一壶的了,所以,在这段时间,他的日子很不好过。

很多人认为,桑结嘉措是个利欲熏心、权力欲极强的人,他为了牢牢控制住整个西藏的军政大权,故意隐匿五世达赖喇嘛的死讯长达十五年,最后又因为和拉藏汗争权夺利兵败,直接导致了仓央嘉措的死亡,所以他才是引起西藏发生各种混乱的罪魁祸首。但是,这并不是事实。纵观五世达赖喇嘛以及桑结嘉措的生平,可以清晰地看出,他是受了五世达赖喇嘛"托孤"的人,他一生的作为,都是在不折不扣地执行着五世达赖喇嘛生前的政治思想,鞠躬尽瘁,死而后已。

公元 1653 年,桑结嘉措出生在拉萨一个大贵族家庭。这个家族与五世达赖喇嘛的关系极为密切,曾为早期格鲁派政权的创建,立下过其他所有人都无法比肩的功勋。桑结嘉措的叔叔赤烈嘉措更是很早就随侍五世达赖喇嘛左右,忠于职守,深得信任,布达拉宫的日常事务也是由他来处理。

桑结嘉措八岁时,便被送到布达拉宫生活。五世达赖喇嘛非常喜欢这个孩子,并亲自教他多种学问,从小就开始培养他从政的能力。这过分的喜爱,甚至让学者考证说桑结嘉措是五世达赖喇嘛与仲麦巴的主妇生下的私生子，并在史籍中找到了与之相关的记载。

在桑结嘉措二十三岁的时候，五世达赖喇嘛就想任命他为第巴。本来，初出茅庐的桑结嘉措是不够资格来做第巴的，但五世达赖喇嘛却说自己算卦时算出他是最适合担当第巴的人选，便反复派人去劝说，答应给他放宽条件，好让他顺利履职。不过桑结嘉措似乎志不在此，立即以自己年纪太轻、威望不高为由，断然拒绝了五世达赖喇嘛对他寄予的厚望。最后，为了摆脱这份任命，他给五世达赖喇嘛重新推荐了一个比自己更加合适这个职位的人选，这个人便是罗桑金巴，西藏历史上的第四任第巴。

罗桑金巴上任不久，就一直患病不起，三年任期届满之后，便主动提出辞职，归老林下。这一回，五世达赖喇嘛坚决要请桑结嘉措出山任第巴职务，但桑结嘉措还是拒绝了他。五世达赖喇嘛多次派人劝说无果，无可奈何之下，只好亲自上门劝他出山，但桑结嘉措还是给予了明确拒绝。那一天，在走出仲麦巴府邸的时候，五世达赖喇嘛不无失望地回头看了桑结嘉措一眼，叹口气说，我已经老了，我担心自己百年之后，西藏的政局会重新洗牌，稍有不慎，我这几十年用心血经营的成果将付之东流，所以我必须在还活着的时候，选定一个可以继承我的遗志，能够继续稳固西藏政局的人来当第巴，而这个人选非你桑结嘉措莫可。桑结嘉措没有说话，只

相见何如不见时3：仓央嘉措，让我住进你心里

是默默看着阿旺罗桑嘉措转身离去，内心涌起阵阵波澜。

这一次，五世达赖喇嘛没有再给桑结嘉措拒绝的机会，回到布达拉宫后，他就直接下发了任命状，让桑结嘉措必须担任第巴一职。此外，为了确保桑结嘉措在西藏的政治地位，阿旺罗桑嘉措又紧急下发了一份类似遗嘱的文告，并书写在布达拉宫的墙壁上，且还郑重其事地按上了自己的手印，而文告中最重要的一句话就是：桑结嘉措与达赖喇嘛无异。

公元 1682 年，五世达赖喇嘛病入膏肓，而这时，桑结嘉措恰好也生病了。阿旺罗桑嘉措顾不上自己的病情，忙差人带口信给桑结嘉措说：你的病让我很担心，我的病吃了药已经好转，你要安心养病，别为我担忧。第二天，他居然带病朝礼神像，为桑结嘉措祈福消灾，而这样的举动，无疑会更让人相信桑结嘉措是他和仲麦巴的主妇所生私生子的传言。仅仅是两天之后，五世达赖喇嘛又迅速招来病体刚刚好转的桑结嘉措，慈爱地抚摸着他的头，告诉他要如何对待蒙古人，此外，还特别嘱咐要对他的去世实行匿丧。最终，五世达赖喇嘛抬起颤巍巍的手，给了桑结嘉措一卷用鲜血写在羊皮纸上的遗嘱，随后安然离去。

这，已然是五世达赖喇嘛的临终托孤了。桑结嘉措呆呆站在那里，看着这个西藏的太阳、父亲一样的亲人，心里像被打翻了的五味油瓶，所有的滋味都在一刹那间涌上了心头。打自己八岁时起，这个老人就开始耐心教导自己各种知识，对自己照顾得无微不至，既是严格的老师，又是慈爱的父亲。最令他感动的是，这位老人居然在自己病入膏肓之际还带病去佛堂替自己祈福，这怎能不让他唏嘘感叹呢？他的眼泪落了下来。上师，您放心地去吧！弟子明白您未竟的事业，也知道您心里担忧的事情，您没有完成的事业，就让我这个不肖的弟子来替您继续吧！

五世达赖喇嘛没有完成的事业是什么？那就是秘密培养一个接班人，培植西藏本土势力，建立一个以五世达赖喇嘛为模板的政治格局。从此，一直到桑结嘉措去世，他一直都努力向着这一目标前进。

公元 1701 年，是藏历第十二饶迥铁蛇年，你，十九岁的仓央嘉措，已经是一个血气方刚的大小伙子了。这一年，你终于完成了在哲蚌寺的学习，重新回到了布达拉宫，并在错综复杂的政治格局下，迈向了你的二十岁。布达拉宫，你又回来了，摸着摆满所有角落的酥油灯，你默默爬上了高高在上的法床，现在，你俨然已是一个可以完全驾驭自己尊贵身份的神王了。除了拉藏鲁白和他的拥护者，没有人怀疑你神王身份的合法性，你依旧在白宫的东大殿措钦厦接受信徒的顶礼膜拜，依旧在抬头便能看到星星月亮的日光殿安寝，可你的心依然不快乐，随着年龄的增长，你更加明白达赖喇嘛的身份于你而言到底意味着什么，那可是无休无止的各种责任与道义啊！

细腰蜂语蜀葵花，何日高堂供曼遮。

但使依骑花背稳，请君驮上法王家。

　　作为达赖喇嘛，作为西藏的神王，你终其一生，都不能结婚，也不能与你心爱的女子长相厮守，而这无论对你还是对玛吉阿米来说，都是极其不公平的。作为一个血气方刚、情窦初开的小伙子，你有钟情的权利，为什么偏偏要选你来当这个活佛，还要葬送掉你大好的青春与如花的爱情？阳光的年纪，你喜欢站在阳光下，拥着她静静地远眺，笑看那一道道变幻莫测的风景；你喜欢和她一起坐在窗明几净的屋里，用微笑煮一壶禅茶，随着禅韵升腾，把两颗芬芳的心，慢慢投放在清亮的书香里，却不意，因为活佛的身份，这一切早已与你绝缘，西风乍起时，心亦随同那孤寂的黄叶，飘飞在渺渺茫茫的无垠里，找不到丝毫的温婉，也触碰不到点滴的温暖。

　　寻寻觅觅，觅觅寻寻，相思的尽头，你看见一个彷徨无助的人，在熟悉而又陌生的巷道中独自面向斜阳，手中紧握的青花酒碗早已空无一滴，想必又和着万般的惆怅一饮而尽了。你伫立在窗口一语不发，不想打乱这似曾相识的一幕，却未曾记起，其实你看到的那个人，只是不在布达拉宫时的你罢了。情到深处，你为她写下豪情万丈的诗歌，每一首诗都是一朵美丽的浪花，都是一个动人的故事，然而，那些字句背后掩藏的深痛，又该说与谁人知晓？洛桑喇嘛？不。桑结嘉措？不。罗桑益西？不。你的前世阿旺罗桑嘉措？不。高高在上的佛祖？也不。你知道，你的悲伤与种种的不得已，只能说与你自己听，而岁月沧桑里写满的青春印记，也只能赠予那个出现在八廓街街头各家酒肆的有缘人宕桑汪波。

你在自己感人肺腑的诗句里，仰慕自己旷世的才情，还有那倾世的绝恋。多想，沿着她眼角眉梢的妩媚，挽留下曾经的相依相伴，让岁月不老，在字里行间留恋着永远无悔的爱。可你知道，当上了达赖喇嘛，过去的所有，都无可避免地成了路过的风景，而她，亦终在你坐上法床的那一刹，成为你生命中的过客，若过眼云烟，再也回不到你波光流转的目光里。那么，便这样一直都痛苦着留恋，直到死去吗？你不想把她忘怀，哪怕是一时半会，如果天注定你不能再与她相聚，你也要披着袈裟，将她永远铭记在心，然后，再把她一点一点地化成你手中纸笺里的墨字，每一次轻轻回望，都能在第一时间瞥见那永恒的美好。

在你心里，她永远都是世间最美的存在，鲜妍绚烂犹如娇媚的蜀葵花，而你就是那只被她恋上的金蜂，终日兀自盘旋在她花语曼妙的天空。什么时候，那朵美丽的蜀葵花被当作供养佛的物品摆上了佛堂，却把你孤孤单单地摒弃在了荒原之上？她走了，一转身便脱离了你的视线，你费尽心思，也无法找回她往昔明媚的身影，只能终日祈祷，期待有朝一日，能够舞着轻翼，紧贴着

相见何如不见时3：仓央嘉措，让我住进你心里

她轻翻的水袖，倏忽飞进那高高在上的神殿，从此，只与她惺惺相惜，永不分离。尽管，你早已与她隔了万水千山的距离，但你依旧渴望，把这表面看上去浮华若梦、实则早已波涛暗涌的日子，过成一首清芬香艳的诗，任岁月平仄有序、韵脚丰盈，让来过你生命里的每一个人，都能感受到你心底喷涌而出的那份唯美与温暖。

你的故事，总是会令人在最不经意的时候突然心生唏嘘。或许，这一切爱而不能的悲恸，从来都不仅仅只是你一个人的宿命，也是我们大家共同的宿命。忽地，就想起了那个叫作苏曼殊的男子，和你一样，他也是这世间最令人感伤最让人无奈的情僧，他的故事，丝毫不比你逊色，他的爱情，甚至比你更惊天动地。

出生于公元 1884 年的苏曼殊，整整比你小了二百〇一岁。十五岁那年，苏曼殊随表兄去日本横滨求学，在养母河合仙老家，身上有着一半日本血统的他，与日本姑娘菊子一见钟情。然而，他们的恋情却遭到苏家族人的强烈反对，苏曼殊的本家叔叔知道这件事后，不仅狠狠斥责苏曼殊败坏了苏家名声，并煞有介事地问罪于菊子的父母。菊子父母盛怒之下，当众痛打了菊子，结果受屈不过的菊子在当天夜里便投海而死。失恋的痛苦，菊子的命运，都令苏曼殊深感心灰意冷，这之后，他又断断续续地谈了几次恋爱，喜欢过一个叫作百助的乐妓，但都无疾而终，最终，万念俱灰的他在回到故乡广东后便去广州蒲涧寺出了家，自此开启了他风雨飘摇的一生。

菊子的自杀，给苏曼殊的心里留下了巨大的阴影，之后几次失败的恋爱经历，更让他索性打开了自毁模式。他选择伤害自己的方法很奇葩的，就是吃，不停地吃，而这种暴饮暴食的粗暴简单程度，到了别人一看就知道他是在故意作死的地步。据说有一天因为天热，他居然一口气吃了五六斤冰，晚上躺在地上一动都不能动，别人看到还以为他死了，探其鼻息，才知道还有气儿，好不容易第二天缓过来了，他却依然如故，继续把吃冰进行到底。但最恐怖的，是他对糖的迷恋，每天都要吃上几十包，没钱的时候，他会把自己的金牙敲下来当了买糖，会偷朋友陈独秀的钱包去买糖，还不以为耻、反以为荣地自号"糖僧"。

一九一八年，暴饮暴食的苏曼殊毫无悬念地死于肠胃炎，享年三十五岁。他住院的时候，病情已经相当严重，医生嘱咐他切忌吃糖，可他死后，友人们却从他的病床下翻出累累的糖纸。也就是说，苏曼殊虽然不是自杀，却在知道自己的病情必须忌糖时还没完没了地吃糖，也与自杀无异了。其实，自菊子死后，苏曼殊就没想要继续活下去，他爱菊子，他无时无刻不在想她，与其这样痛苦地活着，还不如死了的好！

苏曼殊用他的死，向世人证明了他对爱的虔诚，同时，也表达了他对这个始终都禁锢着他天性的世界的唾弃。而你，仓央嘉措，刚刚从哲蚌寺回到布达拉宫的神王，还没有考虑过死亡这个命题，那时那刻，你想得更多的是怎么重获自由，怎么找到你心爱的玛吉阿米，怎么在禁忌重重的神殿守住一颗不变的初心。尽管贵为活佛，西藏千万子民最为尊崇的仁波切，你依旧珍惜与她的一段情缘，即便明知转身即是永别，还是会为她痛苦着流下满地悲凉的泪水。你求佛，求佛再赐予你们一次清冽的遇见，如果得蒙天眷，你一定会用心拣拾起那一片片相遇的点滴，把它们叠字成诗，串成世间最华美感人的篇章，然后寄予你锦绣的年华，明媚她一如当初的笑容。然，那个比你小了二百〇一岁的苏曼殊，他还能有更多更好的选择吗？

仓央嘉措，苏曼殊。一个是雪域的活佛，布达拉宫的至尊王者；一个是红尘里的僧人，竹杖芒鞋在人间游走。你们在各自的生命中，用最纯真的天性，抒写着自灵魂里迸发出的诗章；你们有着不同的命运，却有着同样的诗性，同样的真实与纯净。这份真诚，感动了几代性格各异的后辈，至今都还令人为之唏嘘动容。尽管人已故去，你们隽永清丽的诗句却永远都在世间静静流淌，被那些有缘的人，一次次记起，又一次次传诵。

在短暂的人生旅程中，你们一直都在出发，都在寻觅，却从来也没有找到真正属于自己的归宿。你们在情与禅、僧与俗，现实与理想、铭记与忘却之间辗转，备受冰与火的双重煎熬；你们在天堂与地狱中轮回，百转千回，却依然流离失所，身心俱疲。

我知道，无论是钟鼓梵音，还是红尘情爱，都无

第7卷 宿命

法真正安放你们那缕孤独的灵魂；但你们却在无边的寂寞中，把岁月吟唱成了世间最最动听的歌谣，每一个音符，都是没有翻版的绝唱，这无法不让我拍案叫绝。我捧着你们谱写的情诗，一遍一遍地吟诵，又一遍遍地行走在你们曾经走过的文字江湖里，不顾一切地，即便踩过荆棘地，也未曾心生丝毫的厌倦，想必这就是心意相通吧。

佛家说，前世有因，今生有果。所以，一个人在出生之前，上天就已注定好他今生的一切，注定好了开始，亦注定好了结局，而这就是宿命。也许，你们的前世只是一株平凡的草木，今生幻化为人，只为了等待一个约定，完成一个夙愿，甚至是还一段未了的情债，但即便如此，又有什么好悲伤的呢？前方的前方，必须有熹微的光明在等着你们，不是吗？一个生命，若有爱，便不会苍白，在我心里，你们都是，世间最美的情郎。

第8卷　赤　诚

龙钟黄犬老多髭，镇日多昏仗尔才。

莫道夜深吾出去，莫言破晓我归来。

　　外面的世界对你再不公平，再残酷，你依然一如既往地拥有着一颗赤诚的心。风霜雪雨牵绊了你追逐自由的脚步，却未能阻挡你抬头采撷阳光的姿势，爱情的故事被断了的琴弦弹落在九霄云外，你依然期待与她相拥取暖。你知道，与其悲伤，与其疼痛，不如感恩岁月带给你的初心不改，与其哭泣，与其抱怨，不如保持一份清纯的守望，因为唯有那样，你才会时刻保持清醒，才能找到问题的终极解决方法。

　　你总是告诉自己，相信每一个人都是善良的，你才能有机会欣赏人世间每一处的姹紫嫣红，才能在喧嚣浮躁的红尘深处等到你想要遇见的那个人。在你眼里，世界尽管有很多让你看不明白的地方，但你仍然觉得山河素简，即便是浩瀚犹如星辰的各种经书，理清它们的头绪，也终不过只是一段极简的哲理。你不喜欢复杂，不喜欢复杂的人事，所以你有什么就说什么，想干什么就干什么，毫不隐讳自己的心情。人为什么非要变得复杂，且让这种复杂变得不可捉摸，怎么都让人看不懂想不明白呢？

你最最看不懂第巴桑结嘉措，无论何时何地，几乎从来都看不到他的笑容，莫非，只有不苟言笑的姿态，才能体现出他身为藏王的高贵与威仪吗？你总在幻想第巴开怀大笑的模样，不可否认，他是个英俊而又儒雅的男人，若是笑起来，一定会很好看，可他为什么就是不笑？他是与生俱来就不会笑，还是后天受了什么打击？你想不通，但你知道，第巴过得不开心，尽管拥有富可敌国的荣华，拥有至高无上的权势，拥有无数跟随他的侍从，拥有兵强马壮的军队，甚至拥有控制你的能力，但他并不快乐，从来都不快乐。当然，被禁锢在布达拉宫里的你也不快乐，但你坚信，这种不快乐只是暂时的，等你重获自由，回到达旺的草坡上，和玛吉阿米相拥着载歌载舞的时候，你的快乐便会如春雨后盛开的格桑花，一夜之间便绽满整个高原，繁茂到你目光所及的大地绝没有一丝一毫的空隙。

对于未来，你仍然充满希望。在布达拉宫待久了，你看到了很多跟你一样有着一颗赤子之心的人，比如洛桑喇嘛，以及很多和他一样的高级侍从，尽管他们无权无势，大多一辈子都只做些琐碎寻常的事，但从他们清亮的眼神里，你看到了阳光，看到了雨露，看到了春风，看到了蓝天，也看到了生命的希望。不会永远就这么过下去的，你相信假以时日，你一定会守得云开见月明，你相信所有人都是善良的，包括那个不苟言笑的第巴，虽然他从来都不笑，虽然他心机深沉、复杂多变，但他的本质也是善良的，只要他愿意，随时都可以放下心里的戒备和身上背负的所有包袱，到那时，他也必定会在蓦然回首间，从那些红花绿草、白墙黛瓦中，发现这个世界本来就拥有的诗意葱茏。

　　人生一世，恰似草木一秋。人和人之间，为什么要生出种种的隔阂和矛盾呢？从八廓街上那个总是爱跟你分享人生经验的老妈妈的酒肆返回布达拉宫后，你开始反思自己从前对第巴的态度。第巴也许对你过于严苛，也许对你的掌控心过于强烈，但他毕竟没有过要伤害你的心思，更多的时候，他对你衍生的不满，只是缘于恨铁不成钢，只是要让你学会怎么做好一个神王。他的苦心，你不是不能理解，可他一直都弄不懂的，就是你实实在在并不想做这个人人都崇敬尊奉的活佛，不想坐在高高的法床上接受信众没完没了的膜拜，不想以活佛的身份去聆听世俗的各种疾苦与无奈，因为你很清楚你根本做不好这个活佛，根本无力拯救他们的苦难，你一心想要追逐的只是自由与爱情，而这完全与神王的身份相悖。

第巴，为什么我们就不能放下彼此的戒备，站在各自的角度替对方设身处地想一想呢？您是高高在上的藏王，掌握西藏无上的权势，想要什么就有什么，就算您想把天上的星星摘下来，也会有人搬着梯子去帮您搞定，为什么非要把我禁锢在这高处不胜寒的布达拉宫？我不喜欢当什么活佛，也没有任何的力量拯救苍生，如果您只想给西藏的子民找一个他们愿意信奉的精神领袖，为什么偏偏要选择向往自由、渴望爱情的我呢？

第巴，我知道，您每天都要处理堆积如山的公文，西藏大大小小的事务，已经让您累得筋疲力尽，可您为什么就不肯放过我，也放过您自己呢？只要您愿意，一定有很多人愿意代替我来当这个神王，您直接再从他们当中挑选出一个更合适的人选，不是更好吗？他们不会对您产生任何的对立抵触情绪，会安于在他们所处的位置上扮演好神王的角色，您也不必再在百忙之中还要分出心力来替他们操心，而我，也可以自由自在地奔跑在长满鲜花的原野上，去追逐太阳，去拥抱爱情，和自己心爱的女人双宿双飞，从此，只安然于静谧的岁月，再也不会与忧伤彷徨结伴，也不会与惆怅叹息抵近。这是最好的选择，是大家都会赢的局面，何乐而不为？

划破春风
去找你的时候

桃花已在寂寂的
陌上
等来阳光的盛开

寒冷的夜
总是不懂欣赏
雨水弹奏出的
每一份美妙
那声声的
滴答
只搅乱了蠢蠢欲动的
心海，却又
不知道眉梢掉落的情花
到底
该流向何处

这世间
未曾被辜负的
也只有这窗外
声声的滴答
守着深夜里的灯光
我们都不想做梦
唯一能入梦的
绝不会是昔时那一轮

皎洁的旧月光

而是

伸手不见五指的

漆黑一片

　　你知道，第巴并不会接受你的提议，更不会放任你离开布达拉宫。他与生俱来的骄傲和自以为是的尊严，让他在即便意识到自己做错了的前提下，也不会轻易承认错误的。他骨子里有种不认输不服输的劲，怎么会在选择你为活佛这件事上承认自己做错了呢？你是严格按照转世制度被寻访来的五世达赖喇嘛的后身，如果重新选择一个人代替你坐在活佛的位置上，岂不等于要他向天下宣告，自己原先找来的神王是一个假神王吗？不，他绝对不会那么做的，更何况刚刚继承蒙古汗王位置的拉藏汗一直都想从格鲁派僧侣手中夺取西藏的统治大权，正日夕筹谋要抓住些把柄把他们往死里整呢，这个时候他又怎能掉以轻心，给予拉藏汗翻盘的口实？

　　不，作为掌管整个西藏政教事务的第巴，无论如何，桑结嘉措也不能就这样眼睁睁地看着五世达赖喇嘛建立起的赫赫功勋在自己手里毁于一旦的。是的，他不能，他决不能让拉藏汗掌握或是染指西藏的政教大权，不仅不能，他还要让五世达赖喇嘛的卓卓伟业在自己的手中继续发扬光大，还要将这来之不易的辉煌交到你——六世达赖喇嘛仓央嘉措手里，但他知道现在还不是时候，

相见何如不见时 3：仓央嘉措，让我住进你心里

你还太年轻，太柔弱，如果现在就让你亲政，后果将不堪设想。

你并不知道，五年前，当十五岁的你走进布达拉宫举行坐床仪式的那一刻，你的身份就一直遭到外界质疑。最大的质疑者便是当时还是王子的拉藏汗。作为西藏最有权势的两个人物，拉藏汗和第巴桑结嘉措的政治矛盾似乎是命中注定的。那天，佛光反射在你冷峻的脸庞，酥油灯照亮整个佛堂，氤氲的佛香飘散在整个措钦厦大殿，你披上红色袈裟，在金碧辉煌的殿堂举行坐床仪式。台下的每个人心事不一，年少的你涉世未深，根本不知道一场围绕着你展开的巨大阴谋酝酿已久。权力之争和在拥立达赖喇嘛上的意见分歧，导致第巴桑结嘉措与当时驻守西藏的和硕特部蒙军首领丹增达赖汗之子拉藏鲁白之间的矛盾日益恶化。

然而，这一切围绕你的争执、争斗，你完全都不知情。你一直陷在自己的情绪里走不出来，此时此刻，你只想尽快摆脱桎梏你的一切，只想学会简单，学会看淡，学会从容，让爱的暖流洗去你心中所有的污浊与不堪，让周围的世界变得更加澄澈更加清朗。这个时候，你开始和拉藏汗越走越近，你喜欢这个高大威武而又英俊潇洒的蒙古汗王，大有相识恨晚的遗憾。你一直都没有想到的是，当你穿上百姓的衣服、戴上假发辫夜夜流连在八廓街上的时候，风流公子宕桑汪波的故事也传入了拉藏汗的汗王宫。几乎从一开始，拉藏汗就把宕桑汪波的身份猜了个八九不离十，但他始终选择观望，而不是把这桩事告诸天下，甚至，他故意制造了一次邂逅，在八廓街的酒肆里与你把酒共欢，并许诺决不会把你的真实身份泄露出去，更不会把你偷偷溜出布达拉宫寻欢作乐的事告诉第巴或任何一个人。

有了第一次邂逅，便有了第二次遇见。自此后，拉藏汗总是在你意料不到的时候出现在你身边，陪你一起喝酒，陪你一起唱歌，陪你一起跳舞，甚至是，和你一起找各种不同的女人寻欢作乐，到最后，你竟然习惯了和他一起厮混的生活，一日不见，如隔三秋。你几乎把他引为一位忘年的知己，对他的信任已经到了无话不谈的地步，有什么想说的话总会在第一时间就迫不及待地告诉他。你告诉他，你在布达拉宫感受到的种种郁闷与苦楚；你告诉他，你无时无刻不在思念着远方的阿妈和失踪的玛吉阿米；你告诉他，你对第巴的种种不满与抱怨；甚至，向他求教，到底要不要接受那个总想把自己唯一的外孙女许给你做侍妾的老妈妈的美意。

自然，拉藏汗对你的遭遇表达了无比的同情与理解，并说服你接受了老妈妈的美意，和她善解人意又美貌温柔的外孙女仁珍旺姆走到了一起。不仅如此，他还送了一幢位于拉萨城的府邸给你，作为你跟仁珍旺姆喜结良缘的礼物，而你，则是满心欢喜地带着老妈妈、仁珍旺姆一起，住进了那幢豪华犹如宫殿的大宅。你感激上天在你最失意最无助的时候结识了拉藏汗，感激他为你这个忘年之交的傀儡神王所做的一切，并一心一意和仁珍旺姆一起，在新的府邸过上了夫妻般幸福美满的生活。

只有一直追随在你身后的洛桑喇嘛，始终都保持着一贯的清醒。他知道，现在接替蒙古汗王之位的拉藏鲁白绝不是看上去的那么简单，为了掌控权势，他狠心毒杀了继承丹增达赖汗之位的兄长旺札勒汗，如此狼子野心的一个人，他诱惑活佛酗酒、与姑娘们打情骂俏的终极目的，还不是昭然若揭？难道他真是因为看不过桑结嘉措对活佛的禁锢，想要替活佛打抱不平吗？不！拉藏鲁白自然没那么好心。可他究竟想要干什么呢？谁都知道，死去的旺札勒汗是个平和而无城府的人，但拉藏鲁白与他的兄长却是完全不同，他有野心，有抱负，甚至时刻觊觎着整个西藏的实际统治权，有这么一个人终日出没在活佛身边，到底能有什么好？

洛桑喇嘛总觉得拉藏鲁白故意接近你，是黄鼠狼给鸡拜年——没安好心，然而，你的一次次出轨，一次次逾矩，却又让他做了噤口寒蝉。虽然他不明白你为情所困，所受的煎熬有多么苦多么痛，但他理解，作为第巴桑结嘉措手中唯一的政治筹码，你的日子过得有多艰辛有多难。所以，在这个时候，他决不能跑到第巴面前去打小报告，要真那么做了，只怕你这个小活佛往后的日子便更难过了。他试图劝你认清拉藏鲁白的面目和他接近你的真实目的,可你哪里肯听？拉藏汗对你那么好，

第8卷 赤诚

113

就像亲兄长待亲弟弟般疼爱你迁就你，你怎么能怀疑他呢？他又给你送宅子，又给你张罗和仁珍旺母的秘密婚事，那么善解人意，那么大度仁慈，你就算把天底下的人都怀疑个遍，也不能对他心生疑惑啊！

你不打算理睬洛桑喇嘛的善意提醒，拉藏汗对你那么好，他都看不到吗？怎么能无端怀疑拉藏汗的用心？为什么总是要把别人往坏处想？你眼里看到的拉藏鲁白是一个谦谦君子，既有王者风范，又有儒雅气息，怎么能凭一两句风传的谣言，就怀疑他毒杀了旺札勒汗？谁都知道旺扎勒汗一直体弱多病，他死了就是拉藏鲁白害的吗？还有，自打五世达赖喇嘛引蒙古兵入藏，从青海把和硕特部的固始汗请来西藏驻跸，蒙古的汗王和以达赖喇嘛为首的甘丹颇章政权便一直在西藏和平相处，为什么要说拉藏鲁白存在推翻并取代甘丹颇章政权的野心？

你很清楚，洛桑喇嘛那么一个老实巴交的人，自然不会有这些见地，那么他对你说的那些话，必然是第巴日常灌输给他们的思想，看来，并非蒙古人想取代甘丹颇章政权，而是第巴早就视以拉藏鲁白为首的蒙古在藏权势为眼中钉、肉中刺，必欲除之而后快了！怎么会是这样？第巴到底还想要掌控多大的权势？牢牢把你锁在了神王的位置上不算，还要赶走蒙古人的势力，他是真想在西藏独霸天下啊！想必关于拉藏汗毒死旺扎勒汗的谣言也是第巴故意传出去的，一个人，为了自己不断膨胀的私欲，怎么可以做出如此无底线的龌龊事来呢？是的，龌龊！本来你已经试图站在第巴的角度去理解他接受他，为什么偏偏在这个节骨眼上，他还要继续挑衅你对这个世界的认知？

以后你再也不用跟着我了！你几乎是以毋庸置疑的口吻对洛桑喇嘛下了命令。好不容易，你才在这充满孤寂与无边压力的拉萨城找到了一个知己，可他们为什么偏要把一切的美好都视作罪恶？怀疑怀疑怀疑！一切歹毒的念头，一切无事生非的偏见，都来自不负责任的怀疑！当初若不是和硕特部的固始汗发兵帮助格鲁派歼灭藏巴汗，格鲁派又怎会在西藏建立政教合一的甘丹颇章政权？既然如此，和硕特部的蒙古汗王就是格鲁派政权的恩人，现在却又反过来把矛头指向固始汗的后人拉藏鲁白，岂不是忘恩负义、恩将仇报？

> 龙钟黄犬老多髭，镇日多昏仗尔才。
> 莫道夜深吾出去，莫言破晓我归来。

你不想再听到洛桑喇嘛在你面前说到拉藏汗的任何不是。如果我们自己都不相信别人，别人又如何能够相信我们？任何时候，我们都不应该无端地怀疑别人，要相信世界是美好的，相信所有人都是善良的，所以即使面对迷茫，也要抛开现实中的呕哑嘲哳，把一颗心安放在最真的简单里，不去疑惑，不去盲从。人这一生，离不开衣食住行，也离不开每一次的遇见，无论与谁相遇，都是上天注定的必然，要懂得珍惜与深爱，要以一颗赤诚的心去面对所有的人，唯有这样，才能收获终极的幸福与快乐，也才能在离开这个世界的时候毫无愧疚地说一句无愧于心。

爱如禅，你如佛，岁月是一场无休止的旅行，总是在喧嚣过后，恋上你寂寞无边的唇。每个人都是在滚滚红尘中游历，只不过，你是独自游历在自己的故事里，在雪雨风霜里感受着风花雪月的痴情爱恋。问世间情为何物，直教生死相许！很明朗，这情深深，这意切切，又岂是一生一世能够偿还相许完的，如若不欠，怎能相见，如此便有了五百年的等候，三生缘的约定，才有了你仓央嘉措的情诗，一代情僧苏曼殊的红尘游历，在亘古的永恒中，演绎着一场又一场相聚的美丽。

酒肆成了你排解忧愁的最好去处。尽管洛桑喇嘛一再企图阻止你被拉藏鲁白的阴谋腐蚀，尽管连仁珍旺姆都在有意无意间提醒你要注意拉藏鲁白对你的好心是不是一种诱惑，但你已然无法停下脚步，无法不再以宕桑汪波的名义出入八廓街上的各种酒肆，去品尝那里的美酒，去欣赏那里当垆女子的娇俏面庞。因为只有在那里，你才能稍稍忘却被桑结嘉措禁锢在布达拉宫的痛苦，才能忘记玛吉阿米笑靥如花的面庞，可是，潜意识里，你仍然在等待，等待她柔情万种地向你奔跑过来，等待她望向你时惯常露出的一脸娇痴的笑容。

她还能回到你的世界吗？又会突然出现在你终日游荡的拉萨街头吗？拉藏鲁白告诉你，要找出玛吉阿米，最好的办法就是派人去错那寻访她的踪迹，可要没有第巴的首肯，谁又能去替你做这样的事？你做不到的事，不等于拉藏鲁白也做不到，他很快便派出人马秘密前往错那，寻找玛吉阿米的下落，而你依然徘徊在人烟稠密的拉萨街头，将她默默守候。她到底还会不会回来？你不知道。但你坚信，即使为她继续等待十年、二十年、一辈子，你也心甘情愿。

　　等待的日子里，八廓街留下了你惆怅的足迹，拉萨的酒肆里流下了你悲伤的泪水。你更加频繁地出入布达拉宫，你不无讨好地对那条守门的大黄狗说，无论如何，千千万万，都不要把你深夜出宫破晓才归来的秘密泄露出去。你知道，年老的大黄狗和洛桑喇嘛一样对你忠心耿耿，他自然不会把你浪迹在拉萨街头寻欢作乐的事说出去。是的，寻欢作乐。在等候玛吉阿米下落的消息之际，在为她落下伤心之泪的时候，你依然没有收敛和拉藏鲁白一起出没在八廓街寻花问柳的"劣迹"。一个仁珍旺姆怎能填补你内心不断加深的空虚？你需要更多的姑娘，需要更多的快乐，需要更多的刺激，更需要彻彻底底地放松、放空。

　　你在八廓街的酒肆里放浪形骸。云雨间，你不再是佛，而姑娘们也不再是你面对的姑娘。你们都是为爱饕餮的兽，你的呼吸急促，姑娘们的目光迷离，都在汲取彼此狂喜的时光。天明的时候，你安睡在天之宫阙的禅床，没有人知道，昨晚在八廓街的酒肆里到底发生了什么事。姑娘们是你的精灵，她们可以随意安排你的喜怒哀乐，但你不会叫旁人发现她们的存在。你遥望着昨夜的吻痕，仿佛梵唱也变得暧昧起来。你知道，今生还在继续，只是这细微的变化，已让你感到无比心旷神怡。你还知道，如今的你，一面是酌酒吟诗寻芳猎艳的情种，一面是执掌藏域的神圣法王，却不去理会，命运的莫测和多厄，早已在开始的时候就写下了惨淡的伏笔。

第9卷　傀　儡

为寻情侣去匆匆，破晓归来积雪中。

就里机关谁识得，仓央嘉措布拉宫。

　　打开天窗，不见得说的是亮话；披上袈裟，还是难以掩盖那颗骚动的心。如果，人生是一本书，你期盼它情节更加丰富，诗意浓厚，有山有水，阳光璀璨，四季悠然，无论何时何地，都能用一颗纯净剔透的心来感怀风花雪月，也能用一颗感恩戴德的心守护一季又一季的相遇，而她来与不来，你都会静静守候在原地，从未曾改变那一颗青葱玲珑的初心。

　　你时常在想，等你老去的时候，和她并肩坐在日落黄昏、小桥流水的岸边，手握着手，一起看白鹭翱翔，一起听花开花落，那该是何等的惬意何等的幸福。其实，你对这个世界的要求并不高，你只想和她一起，在暖暖的阳光，或是温婉的月光下，煮一壶清茶，相对而饮，任岁月静好、安之若素，那些令人心生烦恼的事，就通通扔到九霄云外去吧。然而这有可能吗？被牢牢禁锢在神王位置上的你，根本不能按照自己的心意去活，如果不是善解人意的拉藏汗及时出现在你的生命里，这憋屈压抑的生活，你还不知道自己究竟能否熬得过熬不过呢。

都说你是第巴安置在布达拉宫的傀儡，说你是他手中的提线木偶，叫你往东你不敢往西，叫你说一你不敢说二。当拉藏鲁白用看似不经意的方式在你面前说起这些所谓的传言时，你还是忍不住地摔了手中的酒碗。你不知道，拉藏鲁白要的就是你这样的反应，你只知道，虽然那些传言大多言过其实，但你确实就是第巴一手打造的傀儡，一具只能接受信徒顶礼膜拜，只能机械地重复摸顶的动作，却不能拥有任何自由与思想的傀儡。坐在神王的位置上，高高在上的你受万民景仰，可他们哪里知道，等他们纷纷退下之后，第巴对你的训斥简直就是一个父亲在教训自己的儿子，又何曾把你这个最高精神领袖放在眼里过？

也许，从年龄上来说，第巴桑结嘉措的确可以给你当父亲，但是，从名义上来说，你是神王，是西藏甘丹颇章政权独一无二的领袖，而第巴虽然顶着清政府授予他的藏王头衔，但在你面前，他仍然只是个臣子。是的，在甘丹颇章政权等级森严的制度里，你是君，第巴是臣，君主管辖臣子是天经地义的事，在五世达赖喇嘛执掌政教大权的时候也从没发生过以下犯上的事，为什么到了你这里，身为君主的你却事事都要受一个臣子的掣肘？问题的症结来源于你是第巴找来的达赖喇嘛，是第巴给了你神王的身份，给了你在家乡从未享受到的荣华富贵与最高礼遇，一个曾经什么都不是的你，应该对他心生感激并俯首投地，不是吗？

感激？感激他把一个活蹦乱跳、幸福快乐、自由自在的仓央嘉措变成一个与欢喜绝缘、只与悲伤同行的神王吗？你并不想当这个神王，并不想离开生你养你的阿妈，一个人，孤孤单单地来到喧嚣热闹的拉萨城，住进那和你一样孤孤单单的布达拉宫。金碧辉煌的布达拉宫，象征着权势与财富，是所有藏民仰视崇拜的地方，可对你来说，它却是禁锢你的牢笼，不仅禁锢了你的人身自由，也禁锢了你对爱情的渴望，你又怎么会感激把你带到这里的第巴呢？不，你不感激他，丝毫都不感激。是他的冷血无情，中断了阿爸阿妈对你的爱，拆散了你和玛吉阿米这一对天生佳偶，而他给予你的荣华富贵，也只不过是神王应该享受到的礼遇罢了，你不知道你有什么需要感激他的。

春天里
最想寻觅的
不是
雪中的梅花

而是你眼中依然如初的

暖

守着灯儿

偎着清欢

听轻风鸣响喜悦的天空

窗外的烟雨早已

不是一帘幽梦

而是我一点点的贪恋

一点点的不舍

那些个惊艳了时光的

回眸

想必终会在来年的风中

攒成我眉间的畅意

只是

那时的杨柳清风

又会

吹绿谁家的深院梧桐

叫醒谁人廊下

醉却相思的梨花

扶梅望春

我看见

遍洒的阳光

照亮你盛情的颜

期待

温婉的月光醉美

你柔暖的笑

遇见的那一刹

我们在风中唱晓

在雨中吟诗

在白雪纷飞的

世界

舞动喜悦

不言寂寞，不诉离情

只谈风月，只惹欢潮

　　锦衣玉食，你并不稀罕；山珍海味，也不对你的胃口。成堆成堆的珠宝，只不过是在昭示甘丹颇章政权的富有，与你个人又有什么相干？换一个人来做这个活佛，你今天所拥有的一切，他也会一样不落地拥有，这是活佛的特权，与你仓央嘉措这个人一点关系也没有！什么转世灵童？第巴之所以选择你来做第六世达赖喇嘛，根本不是看中你是五世达赖喇嘛的转世，而是看中你既无任何家庭背景又无任何世俗威望这两点，让你这么一个什么也不是的孩子来做活佛，不是更加方便他操控整个西藏的政教大权吗？是的，重点不在于你是不是阿旺罗桑嘉措的转世，而在于你的到来会不会影响他对西藏的掌控。五世达赖喇嘛圆寂长达十五年之中，他一直匿丧不报，这一切还不足以说明他的野心吗？在他眼里，你是一张白纸，一张可以任他涂写的白纸，他要你做什么，你便得做什么，因为你根本就不是什么天授神权的活佛，而是他的傀儡，一个可以被他利用来继续掌握西藏政教大权的傀儡。

这样的傀儡，自然不需要拥有自己的思想，也不需要自由，你只需要按照所谓的由前世达赖喇嘛制定的教规行事说话就行了！可这并不是你，不是你仓央嘉措，不是一个向往自由并始终渴望爱情的仓央嘉措！你不要做这个徒有虚名却什么都不能由自己说了算的活佛，更不想做第巴手中的提线木偶，用你的沉默去实现他的政治野心。不，你要抵抗，你要呐喊，你要大声地告诉他，你再也不想当他的傀儡了，再也不想像行尸走肉一样，在布达拉宫没有尊严地活着了！现在摆在他面前的只有两种选择，一种是放任你离去，让你去过自己想要的生活；一种是让你亲政，让你成为一个不受任何人控制的达赖喇嘛。要怎么做，都交给他选择好了！

桑结嘉措自然不会选择在这个时候让你亲政，也不会允许你离开神王的位置。虎视眈眈的拉藏汗一直在寻找机会想要颠覆甘丹颇章政权，好让蒙古势力进一步占据整个西藏，这个时候他又如何能够掉以轻心？稍有不慎，便会全盘皆输，康熙皇帝早就对他心生许多不满，此时此刻一个小小的举动都会引发西藏局势的剧烈变

相见何如不见时3：仓央嘉措，让我住进你心里

动，无论如何，他也不可能让你按照自己的心意去选择你想要的生活的！作为神王，作为甘丹颇章政权的最高领袖，你有责任和义务好好地待在达赖喇嘛的宝座上，给予西藏大地上那些始终都持观望态度、随时都会倒向蒙古人的势力以必胜的信心，而身为第巴的他，此时此刻，也是绝对不能让任何人在这个节骨眼上搞出什么幺蛾子来的！

可你在干什么？整天不是悲春伤秋，就是吟花赏月，把大把的时间都浪费在文字游戏的雕虫小技上。这样的活佛，放在太平盛世，自然没什么不好，可现在是乱世，由五世达赖喇嘛亲手打造的甘丹颇章政权岌岌可危，随时都有崩塌的可能，这个时候，作为神王的你，不是应该好好地替他这个第巴分担忧愁吗？可你什么都不懂，也不在乎，已经二十岁的你，还跟个大孩子一样，天真简单到让人心疼，到底，把你找来当这个活佛，是不是真的错了？如果错了，又该如何改正？难不成真要满足你的心愿，放任你离开布达拉宫吗？不，不能，这绝对不行，甚至连想想也绝对不可以！所有的反对势力一直都等着拿你仓央嘉措到底是不是真活佛的由头说事，他若是放你离去，不是自己打自己脸，正中敌人下怀吗？不，无论如何，都不能让你继续由着自己的性子胡来，你要觉得自己只是顶着活佛头衔行走在布达拉宫的傀儡，那就一直这么觉得好了！

你仍在期待与自己心爱的女人玛吉阿米会在拉萨

的街头再度重逢，仍在背着第巴偷偷跑出布达拉宫，疯狂地酗酒，或是找各种不同的女人调情，从冬到春，又从春到冬。派去寻访玛吉阿米的人去了一拨又一拨，可每次都是乘兴而去、败兴而归。难道，这就是天定的命运，你和玛吉阿米注定再也无法遇见？你不甘心。你仍在安静地等待，仍在拉藏汗的陪伴下四处寻欢作乐，而对于拉藏汗接近你的动机，你从不去考虑，也不问来由，只安然接受着他一切的安排。这世上，再也没有比拉藏汗对你更好的人了，所以，你对他从来都不曾心生戒备，即使仁珍旺姆总是不失时机地提醒你要提防他，你也总是嗤之以鼻地抱怨她们女人都是一个模子里刻出来的小心眼。

拉藏汗能对自己包藏什么祸心？在西藏，该有的权势他都有了，该享受的尊荣他也都享受到了，还能有什么不满足的？说他觊觎甘丹颇章政权的权势，那简直就是个笑话，要知道，当初若不是固始汗发兵帮助格鲁派夺得西藏的政教大权，五世达赖喇嘛根本就无法建立起甘丹颇章政权，身为固始汗后代的拉藏汗又为什么要觊觎由他的先人一手扶植起来的势力？说到底，活佛只是个与世无争的存在，根本就没什么实质的权力，还不是要仰仗蒙古人的军队来巩固自己的根基？所以说，蒙古人从来都不是甘丹颇章政权的竞争对手，而是站在一条战壕里的战略盟友，怎么能彼此猜忌彼此怀疑呢？

你不知道五世达赖喇嘛活着的时候，是怎么和固始汗、丹增达赖汗和平相处，并共同主持处理西藏各项事务的，也不知道他们私下里有没有为了争权夺利而斗得死去活来，但你知道你是绝对不会跟拉藏汗争抢什么的，无论是虚名，还是任何实质性的利益。作为甘丹颇章政权的绝对领袖，你是不会也不可能和和硕特蒙古势力的领头人拉藏汗发生冲突的，这不仅因为你与拉藏汗情同手足，还因为你压根就是个彻头彻尾的与世无争者。你从来都没想当过达赖喇嘛，又怎会想着要去掌控西藏的权势？一切的争端，都来自那个把你当作傀儡进而弄权的第巴桑结嘉措，是他把拉藏汗视作了潜在的政治对手，是他把拉藏汗视作了眼中钉、肉中刺，可这，完完全全是与你仓央嘉措毫不相干的！

　　你越来越不喜欢第巴的行事风格，对他的抵触情绪也越积越深。你不断出现在八廓街街头，更加期待能够在细碎的光阴中与你心爱的玛吉阿米再度相遇，拥着她的温暖细细回味一切的曾经，让这个日渐肮脏猥琐的世界，在她如花的笑靥里，变得洒脱飘逸、明媚如初。你的行为越来越出格，越来越放荡，甚至故意要让第巴发现你的行踪，要让他为自己的独断专行付出巨大的代价。终于，当雪花再次缠绵着飞落在拉萨城之际，神圣的布达拉宫里终于开始风传起活佛仓央嘉措在宫外寻欢作乐的流言。

　　喇嘛们说你是风流的法王。说住在布达拉宫，你是持明仓央嘉措，住在山下的拉萨，你是娼妓们心中的王子宕桑汪波。他们虽然不敢当着你的面指责，可这样的非议与责难还是铺天盖地而来。只有你自己明白，忘情非我的呓语，梦中的呢喃，也只是在昭显隔世的迷离。

> 为寻情侣去匆匆，破晓归来积雪中。
> 就里机关谁识得，仓央嘉措布拉宫。

那一天，拉萨下起了蓬蓬勃勃的大雪。大雪中，你——仓央嘉措，踩着积雪醉酒归来，洁白的雪地上留下一行行一深一浅的脚印。清晨，铁棒喇嘛揉了揉眼睛，努力打起精神走出卧室，在布达拉宫各个角落巡视着。这可是西藏最为神圣的布达拉宫，是菩萨转世下凡超度众生的达赖喇嘛居住的圣地，若是让怀了恶念的歹人偷偷摸摸进来，伤了佛爷的仙体，那自己可是死上一百回都难消罪孽啊！

他张开双臂伸着懒腰，一边打着呵欠，一边朝通往宫外的那条小径走了过去。天哪！这是怎么了？眼前雪地里那些深深浅浅的印痕是怎么回事？难道有刺客潜入了布达拉宫？铁棒喇嘛瞪大双眼仔细瞅着雪地上的印痕，立马便惊出了一身冷汗。那雪地上，一行一行，分明就是一行脚印！这行深夜雪地里的脚印，居然是从宫外一直延伸到布达拉宫来的！

铁棒喇嘛吓得再无半分睡意，他一跃而起，紧紧抓着铁棒，顺着脚印一路追查下去，最后发现那脚印连连续续，竟然……竟然一直通向佛爷仓央嘉措的卧室！铁棒喇嘛努着嘴，对着那串脚印屏住气息瞧了又瞧，却陡然发现雪地中的印迹只有进来的，却没有出去的，这能进入佛爷仓央嘉措的卧室而又不被人发现的，那就只有……

铁棒喇嘛轻轻推门走了进去，看到佛爷仓央嘉措裹着被子睡得正香，他再不敢多想，连忙丢了铁棒，惊慌失措地跑了出去，顺着雪地上留下的足迹，一直寻到拉萨城内八廓街上的一座小小的酒肆内。难道？难道？铁棒喇嘛惊慌失措，原来传说中出没于拉萨街头的那个风雅高贵的青年宕桑汪波，竟然真的就是他一直信奉的达赖喇嘛！

你外出寻欢作乐的事情，就这样传遍了整个布达拉宫。活佛竟然在夜晚离宫夜游，并且每次都在天明时喝得酩酊大醉地回到宫内，这可是比天塌下来了还要严重的大事。格鲁派的高层僧侣立刻召开了紧急会议，大家对你出格的言行纷纷表示了自己强烈的不满，认为这是"迷失菩提""游戏三昧"。

是的，佛祖不是让人离弃现世、离弃人生，而是让人去除障蔽、超越相对，回归本心自性，所谓"明心见性"。悟道之人，他的一切行为活动都洋溢着生命的光辉，绝不是一潭死水式的枯木禅。禅宗大师慧能认为，当参禅者着空、住空时，便为空所缚。出世和入世不是水火不容、相互隔绝的两岸，大道之内并没有这种差别，

第9卷 傀儡

但人生如戏，游戏有规则，人生亦然。在俗人眼里，僧人就要青灯古卷相伴终生，本无关红尘风月，所以，曾有一位僧人写道："春叫猫儿猫叫春，听它越叫越精神。老僧亦有猫儿意，不敢人前叫一声。"这便是规则。如果是一个正常的男人，他当然可以尽情表达自己的情感和欲望，但作为一个僧人，这却是不清净的行为，就算真的有，也应该小心隐藏。

在这次会议上，受到指斥的不仅仅是活佛仓央嘉措，还有第巴桑结嘉措，大家纷纷把矛头指向桑结嘉措，认为他存在严重的失职行为，要他及时汲取这次的教训，以后一定要好好担负起教导仓央嘉措的职责，再也不能让类似的事情发生了。

桑结嘉措默默接受着众喇嘛的指责，一句反驳的话也没有。对于你做出的种种荒唐事，他早已有所耳闻。他知道，你之所以这样放纵自己，是因为他不让你过问政事引起的。可他这么做并不是想独揽大权，而是因为他知道你这个孩子心地太过纯善，而政治从来都是充满血腥与尔虞我诈的，何况你们现在要面对的拉藏汗还是个刻毒残忍的人，如果自己不站出来独当一面，性情单纯的你又怎么能斗得过心机重重的拉藏汗呢？

尽管你一直不肯说出是拉藏汗教唆了你，但桑结嘉措还是知道了，拉藏汗在你出格的行为中扮演了怎样的角色。太可怕了，这个拉藏鲁白简直就是个魔鬼，他怎么能利用你的单纯和涉世未深来伤害你呢？桑结嘉措很清楚，自己和拉藏汗终有兵戎相见的一天，尤其是发生了这样的事后。他并不后悔没有让你亲政，他只是懊恼你的荒唐无行，并深深地替西藏的前途担忧起来。万一拉藏汗利用你出宫的事大做文章，甚至是捅到康熙皇帝那里，岂不是要火上浇油了吗？先前，因为准噶尔部与清廷作对，以及封锁五世达赖喇嘛去世的消息，康熙皇帝已经对暗中支持噶尔丹的他感到万分不满，要是拉藏鲁白在这个时候跳出来，还真不知道会捅出多大的娄子来呢！

　　桑结嘉措深深叹口气，面对盛气凌人的拉藏汗，他已经有些应接不暇了。无论如何，都不能让活佛仓央嘉措再任意妄为下去，为此，他必须和你好好谈一次心了。当桑结嘉措满腹心思地走进你的寝宫日光殿的时候，你毅然决然地掉转头去，再也不想多看他一眼，也不想再听到他任何的说教。自打你偷偷跑下山酗酒作乐的事东窗事发后，就被彻底幽禁在布达拉宫，甚至连日光殿之外的地方都不能任意前往，整天只能趴在窗前的案几上为那些心爱的女子写诗。还有什么好说的呢？你输了，彻彻底底地输了，要杀要剐随便好了，就不要再来说什么拉藏汗不是好人的挑唆的话了！

　　无论如何，拉藏鲁白从没有禁锢过你的自由，也没有强迫你做自己不喜欢做的事，为什么他的好他的友善，偏偏要被第巴指斥为包藏祸心？好吧，就算拉藏汗接近你是别有用心，也总好过被第巴当作傀儡利用吧？

就算死，就算失去所有，你也不想在布达拉宫里扮演傀儡的角色！你已经是个成年人了，难道还不能看清谁是真心对你好谁是想利用你吗？好了，请不要再在我面前说拉藏汗的坏话了，是他给了我快乐，是他给了我欢声笑语，也是他放飞了我这一颗向往自由的心，从现在起，谁也不能再在我面前诋毁他攻击他，哪怕是复活的五世达赖喇嘛也不行！

第10卷 独 活

羽毛零乱不成衣，深悔苍鹰一怒非。

我为忧思自憔悴，哪能无损旧腰围。

　　都说你是一个孤独的人，从生到死。你的名字——仓央嘉措，自始至终都与孤独相连，可我知道，其实你不是孤独，而是在伤透了心之后，索性什么都丢弃了，只想一个人，安之若素地，独自沉静地活，在漫天卷起的风沙中，展现你无与伦比的美，与那份孤寂的妖娆。

　　二十岁那年，因为你出格的言行，格鲁派的高级僧侣们指责你"迷失菩提""游戏三昧"，自此，你彻彻底底地丧失了自由，被第巴桑结嘉措幽禁在布达拉宫内，甚至，你的活动范围只被局限在寝宫日光殿内。负责看管你的依然是一直负责你起居饮食的洛桑喇嘛，那个曾经被你视作身边最为亲近的人。可那会儿的你已经完全不再信任洛桑喇嘛，甚至把他视作第巴的同党。你不同他说话，你不吃他送来的东西，甚至发火要把他永远驱逐出布达拉宫，直到他把一封来自宫外的信偷偷塞到你手里。

信是一个叫作仲科塔尔杰乃的人写给你的。你并不认识这个人，也从未听说过这个名字，但这封信里却提到了你最最思念的那个人——玛吉阿米。玛吉阿米，玛吉阿米，你做梦都想见到的那个姑娘！她在哪里？仲科塔尔杰乃说，玛吉阿米自从不辞而别离开错那后，就开始了四处流浪的生活，后来，她加入了一个藏戏班子，一年四季都跟随着藏戏班子走南闯北，这些年几乎已走遍了西藏的角角落落，也吃尽了千辛万苦。

什么？藏戏班子？你无法想象玛吉阿米在离开你后都遭遇了些什么，这么多年，你一直在痛苦中追问自己，她到底去了哪里又靠着什么生活，几乎都快要相信她早就嫁人了，却怎么也没想到她会去藏戏班子唱戏。唱戏不比在家乡牧羊放牛，虽然都是风吹日晒的营生，但跟随戏班子到处跑码头，自然要比牧羊放牛辛苦得多，她一个弱女子又怎么受得了那样的劳累？而且，藏戏班子里的女戏子历来受人轻贱，你真的难以想象她这些年究竟是怎么熬过来的。

你喜欢藏戏，在家乡达旺时就很喜欢。那时候，藏戏只是在牧场上、原野里上演，剧情简单、唱腔单一，但因为阿妈次旺拉姆告诉你，那一张张白色的面具背后，

相见何如不见时3：仓央嘉措，让我住进你心里

藏着的是一张张貌美如花的少女脸后，你便对那些面具后的面庞充满了无限遐想，并总憧憬着有一天，自己也能够扮上戏文里的角色，和那些青春活泼的女子一起，演上一段你喜欢的藏戏。你知道，藏戏演出时，化妆比较简单，无外乎在脸上涂上一般的粉饼与红脂，并没有任何复杂的脸谱，且演员不分男女，都要戴上面具，可你的玛吉阿米天生丽质，让她涂上那些廉价劣质的红脂，还要戴上并不美丽的面具，不是对她最大的丑化吗？你做梦都想见到你心爱的玛吉阿米，也希望能够和她站到舞台上演一出情深不悔的藏戏，可你并不希望她成为一个藏戏戏子，也不想在任何的藏戏班子看到她的表演。

如果不是走到山穷水尽的地步，她又如何能够跑去藏戏班子唱戏？你心痛，你不舍。作为达赖喇嘛，作为西藏的太阳，作为甘丹颇章政权的掌教，你连自己最心爱的女人都保护不了，这让你情何以堪，又是多么的荒唐！你每天都住在金碧辉煌的布达拉宫里，吃着山珍海味，而她，你唯一用心深爱的女子，却过着风餐露宿、食不果腹的日子，这是多大的讽刺啊！你是西藏最受景仰的活佛，你是神王，你是所有人口中山呼的仁波切，为什么，你最在意的那个女人，却还要在受人歧视轻贱的藏戏班子里卑微地去讨生计？你是西藏的王，是天之骄子，你的话就是金口玉言，为什么偏偏不能拯救自己最心爱的女人于水火中？

这一切都是拜第巴所赐！如果不是因为他想要让

你当这个傀儡活佛，梅惹大喇嘛就不会拆散你和玛吉阿米，你就不会天高地远地跑到拉萨做别人手中的提线木偶，玛吉阿米也不会流落江湖，卑躬屈膝地任人凌辱！不，你再也不能放任自己这么窝囊下去了，你要去找玛吉阿米，就是翻遍整个西藏，你也要找到玛吉阿米藏身的那个戏班子！你要给她最好的珍宝，你要给她最美的绫罗绸缎，你要让她名正言顺、光明正大地嫁给你，你要给她妻子的名分，无论是达赖活佛仓央嘉措的妻，还是浪子宕桑汪波的妻！是的，你要娶她！失去生命你也要娶她！不管怎样，就算上刀山、下油锅，这个决定你也不会改变！

玛吉阿米，你在哪里？泪水模糊了你日渐憔悴的面庞，你继续看着仲科塔尔杰乃给你写来的信。他在那些饱含同情与理解的文字中告诉你说，他已经牢牢掌握了玛吉阿米和她所在的藏戏班子的所有行踪，并且一直密切注视着他们的动向，而最好的消息便是，玛吉阿米即将跟随藏戏班子进入拉萨，去哲蚌寺参加一年一度的雪顿节藏戏表演，到时候只要神王愿意，就一定能跟玛吉阿米重逢团聚了！玛吉阿米要来拉萨？要去哲蚌寺参加雪顿节？你不敢相信地捧着仲科塔尔杰乃写来的信，双手不住地打战。太好了，玛吉阿米就要来拉萨了，你终于可以见到她了，这一次，无论如何，你都必须见上她一面，你要当众告诉她，你有多爱她多想她，你还要当着所有信仰你追随你的信徒的面，宣布你要娶她的消息，不管他们接不接受，你都不打算继续退缩了！

当我叫醒春天的时候
隔年的桃花
依旧
在水一方

倾听花开的声音
寂寞之上
还有你灿烂如初的
笑容
你说
最美是心动
不用云彩惦记你
每一份
风姿

有一种梦想是
路过你行走的地方
有一种牵挂是
日夜流连地遥望
你的柔情穿过我的目光
在古老的巷口仰望
青春来过的痕迹

我不在西厢的月光下

待你抱花而来

也不在柳丝的

念叨中

神游牡丹亭

我只在和煦的风里

吹响一弦阳春白雪的欢喜

任它催开所有

关于明天的

希望

雪顿节是西藏最为重要的传统节日之一。在藏语中，"雪"是酸奶子的意思，"顿"是"吃""宴"的意思，雪顿节按藏语解释，就是吃酸奶子的节日，因此又叫"酸奶节"。因为雪顿节期间有隆重热烈的藏戏演出和规模盛大的晒佛仪式，所以有人也称之为"藏戏节""晒佛节"，于每年藏历的六月底至七月初举行，节期五至七天不等。

据说，雪顿节起源于公元 11 世纪，最初为宗教节日。按藏传佛教规定，每年藏历四月至六月间为僧人们的夏坐休沐期，在此期间，西藏格鲁派大小寺院的僧人只能在寺院里守持戒律，积德行善，严禁外出活动，以免踏死小虫犯杀生之戒。夏坐休沐期满后，僧人们方可走出寺院自由活动，是时，世俗百姓会等候在寺院门前，把酸奶子施舍给众僧，僧人除得到一顿酸奶子佳宴外，还要尽情地玩乐一番。

公元1642年，格鲁派掌门五世达赖喇嘛登上法王宝座，他驻锡的哲蚌寺甘丹颇章宫也就成了西藏政治宗教文化中心。自他接掌西藏政务大权后，每年的藏历六月三十日，成千上万的藏民都会拥进哲蚌寺，给五世达赖喇嘛和哲蚌寺的僧人们献上酸奶，请求摸顶祝福，赐予他们健康长寿、庄稼丰收、死后不下地狱的加持。久而久之，附近的藏戏团、野牦牛舞团，也会在这一天赶往哲蚌寺演出助兴，并逐渐演变为一个固定节日，节日的内容亦更趋丰富。自此后，每年的这一天，五世达赖喇嘛都要盛装出席雪顿节并观看藏戏，而一年一换的铁棒喇嘛也会在这一天办理交接手续。

哲蚌寺，哲蚌寺。对你来说，哲蚌寺是除了布达拉宫和八廓街外，你在拉萨最熟悉的地方，也是你在拉萨待的时间最长的地方。这要在以前，作为达赖喇嘛的你，出入哲蚌寺根本不是问题，可你现在正在禁足，想必插上翅膀也难以抵达哲蚌寺，又如何能够见到你心心念念的玛吉阿米？你把唯一的希望押在洛桑喇嘛身上，"扑通"一声跪倒在他面前，磕头如捣蒜地求他，无论如何也要他帮助你在雪顿节那天离开布达拉宫前往哲蚌寺。

佛爷，您这是何苦？洛桑喇嘛也"扑通"一声跪倒在你的面前，将整张脸都贴到地上，您是西藏的神王，膝下有万两黄金，怎么可以跪拜老奴这样身份卑微的人？请佛爷快快起身，不要折煞老奴了啊！你泪如雨下地盯着洛桑喇嘛，整个布达拉宫，只有您能够帮到我了，您要是不肯答应，我就是死也不肯起来！洛桑喇嘛拿你没有办法，无可奈何地叹口气说，您现在正在禁足期间，老奴实在不敢顶风作案，若是第巴发现佛爷又私自出宫，咱俩都要吃不了兜着走！

你目光炯炯地盯着洛桑喇嘛，你怕吗？你怕我也不怕，我连生死都置之度外了，还怕第巴责罚吗？洛桑喇嘛嗫嚅着嘴唇叹口气说，洛桑什么时候怕过？替佛爷尽忠，是洛桑的本分，可是……不过办法也不是没有——老奴仔细想了想，雪顿节是西藏最重要的传统节日，也是格鲁派最为看重的节日，作为格鲁派的掌教，佛爷去哲蚌寺观礼是再自然不过的事，若是拉藏汗肯出面替佛爷说话，邀请您一起去哲蚌寺与信众同欢，第巴和那些高级僧侣们自然是没有理由拒绝的。

拉藏汗，你怎么没有想到拉藏汗？拉藏汗是对你最好的人，他自然是要帮你的，可怎么才能把话带到拉藏汗那里呢？时间不多了，雪顿节很快就要到了，夜长梦多，这事决不能拖着，要尽快处理好才行！你怔怔盯着洛桑，洛桑，这事我只能交给你去办了，无论如何你都要帮我。洛桑喇嘛依然将整张脸紧紧贴在地上，佛爷交代的事，洛桑就是赴汤蹈火也要办妥。你不无感激地盯着这位给予你父亲般关爱的喇嘛，想起之前对他的恶劣态度，禁不住生出几分愧意，对不起洛桑，之前是我态度不好，我不该总是那么对你发脾气的。好了，你别再跪着了，起来说话。

　　洛桑喇嘛依然保持着先前的姿势，佛爷不起身，老奴岂敢起身？洛桑知道，佛爷是心情不好，才会那么对老奴说话，老奴从未曾往心里去，老奴只是希望佛爷一直都平平安安健健康康的。你内心充满感动地望着洛桑喇嘛，一边慢慢站起身，一边扶他起来，那这桩事我就交给你去办了。洛桑喇嘛抬头望着你，请佛爷放心，洛桑一定不辱使命。你伸手紧紧握一下洛桑喇嘛的手，事不宜迟，今晚你就偷偷下山去见拉藏汗，请他务必在雪顿节之前把话递给第巴，还有，那个给我写信的仲科塔尔杰乃，就算挖地三尺，也请他帮我找出来！

　　在洛桑喇嘛和拉藏汗的帮助下，雪顿节开始的那天，你如愿以一袭盛装出现在人头攒动的哲蚌寺。此时，哲蚌寺后的根培乌孜山坡上早已张挂上了巨大的释迦牟尼佛像，寺内一派欢欣祥和的气氛。演绎藏戏的姑娘们个个身材曼妙、舞姿婀娜、唱腔优美，热情澎湃的藏民与僧侣们一起，沉浸在了那古老而又神秘的藏戏剧情中，不时发出赞叹的声音，并和着音乐的节拍跟随着姑娘们尽兴舞动着身躯。而你的心思却完全不在藏戏身上，你的目光始终都游离在那些藏戏演员身上，到底，那一张张相似的面具后，哪一个才是你日思夜想了千百回的玛吉阿米？

在众人的礼请下，你也加入跳舞的人群中。目光所及之处，一位戴着白色面具、身材窈窕的少女轻轻扭动着腰肢缓缓朝你身边飘来，人们挥汗如雨，群情沸腾，对着你和她高声欢呼："仁波切！阿吉拉姆！阿吉拉姆！仁波切！"你知道，"阿吉拉姆"在藏语里是仙女的意义，而这位缓缓向你靠近的少女，而今已然成为信徒们心中最美的仙女，你不禁暗暗祈祷，如果她就是你要找的玛吉阿米，该有多好。

她戴着白色的面具，更代表着纯洁，但你却不知道她来自哪个藏戏班子，更无从洞悉她面具后的容颜，是否真如信徒们欢呼的那样俊美如仙，可你明白，欢愉的藏民已将她当作今天最圣洁最美丽的女子膜拜，所以你也要跟随藏民们一起膜拜她，膜拜这纯洁无瑕的阿吉拉姆！

"阿吉拉姆"挥舞着衣袖闪入你的怀抱。你情不自禁地揽着她的小蛮腰，随着她曼妙的舞姿尽情舞蹈，无论活佛神仙，此时此刻，你只想感受这无边的风月。叹，美好的瞬间都是短暂的，留下的记忆却总是永恒的。一曲跳罢，"阿吉拉姆"终于在信徒们的欢呼要求中取下了她的面具，露出了俊美如花的青涩容颜。她顾盼生姿，她目中含情，她眉中锁愁，她嘴角微扬，她昂起头，目光定定地凝望着你，颔首，低声饮泣，仿若这一眼早已撕裂她前世今生永远的疼痛。你仿若被雷击了一样，微微打着战。四目相对，你再也难以自抑，你情深款款地注视着眼前这个如花美眷，而她却如清晨的露珠，仓促间已失所在。

这不正是你寻寻觅觅的玛吉阿米吗？你定定地站在了那里，定定地望着她刚刚伫立的地方。蓦然回首间，那边，就在那边，在拥挤的人群中，一个美丽而又孤寂的少女，一步一回首地，朝你投来极不情愿的离别前的惊鸿一瞥。

"阿吉拉姆！阿吉拉姆！"沸腾的群众将她紧紧围在人群间。不！她不是你们的阿吉拉姆！她是玛吉阿米！我的玛吉阿米！你泪光盈盈，她分明就是那个经年来，一直都让你魂牵梦绕的玛吉阿米啊！

玛吉阿米，别后再聚，这难道还不是前生于忘忧河畔修来的缘分吗？那一世，你是河畔清丽出尘的仙子，而我只是你指间拈起的一朵青莲，尽管彼此已历经了无数次轮回、千百次等待，但我忧郁的眸中依然忘不了你当初给我的温好与明媚。你知道，再多的岁月沧桑依然遮挡不住爱的轨迹，放眼望去，那一段老去的尘缘，依旧在泛黄的风景里缓缓浮现，而她沉鱼落雁的容貌、翩若惊鸿的步态、袅娜缥缈的风韵，亦都于你疲惫了的眼里渐次盛放，那时那刻，你几乎想忘了一切，只乘兴携一支画笔面向她迤逦而去，为她轻舞绝世的风情，绽尽今生璀璨的风华。

玛吉阿米啊玛吉阿米，可知，你不辞而别后，风儿卷走了世间多少的繁华绮丽，又荒芜了我多少的暖情期待？玛吉阿米啊玛吉阿米，可知，你不辞而别后，我的哀伤，我的心痛，无人能诉，亦无从诉起，唯愿，在每个凄凉的夜里，用一泓流水的心思，想象你美艳绝伦的容颜、温婉如水的风姿，然后偎着一片朦胧月色在心底写下你一如既往的明媚？

你心里有着太多太多的话要对她说，你想问她是怎么来到拉萨的，又是怎么流落入藏戏团的。一切的一切，对你来说都是个无解的谜，然而，你决意要解开这个谜，这一次，无论如何，你都不会放她离开。她一定不知道你此刻也会出现在这里，但命运就是如此弄人，它总是在你最难以揣度的时刻，最意想不到的地方，让你们不期而遇，而后又留下无尽的伤感与落寞，任凭后人遥祭。不，这一次，说什么，你也不能就这样放她离去！

玛吉阿米，你可知道我一直都在苦苦地思念着你？对，我无时无刻不在想念着你，或许那就是他们口中所说的爱情吧！我爱你，你也爱我。我知道，你的泪光盈盈已经让我读懂了你那颗为爱痴狂的破碎的心，可你为什么会出现在藏戏团里，为什么要戴着白色面具供人娱乐？你大声呼喊着她的名字，不顾一切地朝着她的方向冲了过去。但到处都是拥挤的人群，人群中各种人不断朝你身边冲过来，冲断了你的寻找，冲断了你心中最神圣纯美的希冀与寄托。

她消失在围绕着她的人群之外。你左顾右盼，茫茫人海中，到处都是满脸满心透着兴高采烈的人们，可你又该到哪里去寻找，那个和自己一样孤单寂寥而又失魂落魄的眼神呢？是不是，前生没有修到足够的缘分，这一路走来，才会跌跌撞撞？倾尽相思，缘何终是无法到达爱的彼岸？多少个日日夜夜，你都心甘情愿地朝着她的方向凝望，看她青涩的娇羞，在月下缓缓流淌，看如水的年华，为她倾一杯相思的暖，可是，每一次，你最终又都在她的轻盈与芬芳中沉沦迷醉，再也走不出几世轮回的纠葛，只能任由想念的心浸在泛黄的记忆里，轻轻念着她动听绚美的名字，任其模糊而又清晰的面容，于你眼底绽成一朵冷艳而又不失妩媚的雪莲花。

你以为她再不会回来。然而，此时此刻，哲蚌寺的雪顿节上她却盛装而来，只是这次，她不再是你的玛吉阿米，而是众人注目的阿吉拉姆。是的，她是阿吉拉姆，一个会唱藏戏的窈窕女子，更是你今生今世只愿与之携手双飞的红颜知己。可是，当你激动万分地穿过人群向她奔跑过去之际，她却早已消失得无影无踪。她走了，再次丢下你，不辞而别；你泪如雨下，心痛欲裂。那时那刻，你只想追随着她的足迹，和她一起浪迹天涯，然而，找遍了哲蚌寺，找遍了八廓街，找遍了整个拉萨城，你还是没能觅到她的芳踪。

那夜，寂寂的哲蚌寺内，一缕素淡的月光，轻轻、浅浅地映上了你惆怅的容颜，如雪的月色里，你看到她坐在夜风之上浅吟低唱，迎风的笑靥一如当初般明媚清芬。望着她温婉的容颜，你只想用一颗纯然晶莹的心，为她起舞翩跹，更请她在这玲珑剔透的夜色里，凝听你相思的心语，是如此这般地清澈向暖。

羽毛零乱不成衣，深悔苍鹰一怒非。
我为忧思自憔悴，哪能无损旧腰围。

可知，为她，你已忧思成疾？可知，为她，你已憔悴零落？然，她又在哪里？望着自己因思念而日渐消瘦的腰围和那袭凌乱的衣裳，你终是心潮起伏难平，思绪翩飞难落。很后悔当初的决定，如果不跟随前往巴桑寺迎请你到布达拉宫坐床的格鲁派僧侣前往拉萨的话，你又怎能经历这撕心裂肺的别离之苦？

日子，依旧在微雨杏花的深巷里来去，你和她的故事终被潸然的泪水描摹成昨日的烟云。雕花的窗棂下，每个人的故事都还在小心翼翼地继续着，而你和她的未来又在哪里？再回首，所有的记忆，都在昏黄的灯影里交织、迷离，而你听到的却又都是"相见欢、相留醉"的悲怆。你告诉自己，如果无法将她寻回，你将选择逃离一切的喧嚣，躲开一切的纠葛，从此，只任桑烟缭绕在寂寞的禅房，孤单到老，独自彷徨。

直到现在，你都没有办法进入桑结嘉措给你安排好的神王角色，自始至终，你都不认为自己是五世达赖喇嘛的转世灵童，更不相信自己会是什么活佛。你只是一个普通的宁玛教僧人的儿子，你只想像阿爸扎西丹增那样成为草原上的歌者，唱尽天下缠绵悱恻的情歌，然而，失去了玛吉阿米的世界，以后的以后，那些动听的歌谣又能唱给谁听？

香烟缭绕处，滚滚红尘那一笺嵌字的深情，终于让你在哲蚌寺的佛龛前忆起前生的所有。恍惚里，你看到，那一日，一袭白衣白裳的她静静伫立在忘忧河畔，纤瘦的指间拈着一朵救赎的青莲，而那青莲，就那样悠然地开在她的指尖，既不绚烂，也不消沉。

氤氲的檀香，在眼前明明灭灭，你忽地嗅到一股红尘的味道，那是她给你的爱。就在这缕缥缈的暗香里，你终于明白，前世的你便是她指间那朵盛放的青莲，而她为了拯救你，更经历了无数的劫难，只是她从来不言不语，更没指望你用一怀盛大的青春，还她为你暗自垂落的珠泪。

她给你的好，你都知道。她为你受的苦，你都清楚。她为你落下的泪，默默流淌成脚下蜿蜒的长河，你亦明白。只是，这份情谊已然盛大到你还不起，究竟，何年何月你才能拥着她的冰清玉洁，替她拭去眼角滴落了千万年的泪水？

久久，你匍匐在佛龛前长跪不起。你不知道你的忧伤究竟源自何处，是被她感动了，还是无法去爱的无助？抬头，温婉的月光已然苏醒在激滟的相思河畔，那一瞬，你只想在诗笺上留下她最绚烂的花开，只是，你又要去何地寻找她过往的明媚笑靥？

彷徨中，你窥见远去的她带着满目疮痍，凋零在水之湄，那一缕芬芳的魂依旧为你固执地点燃一盏明灯，要照你继续前行的路途。为你，她甘愿燃尽最后的光与热，而你又能为她做些什么？情到浓时方知痛，然，此时此刻，你却只能哀伤着握紧初见时的那一分温好，任夙念燃烧在幽远的寂寞里，放任前世今生的情劫，在花落花开里追寻一缕无法言述的温暖。

回首处，寂夜夹着冷风，裹着彻骨的凉意，一点一点浸透你憔悴的身体。你，年轻的活佛仓央嘉措忧伤地徘徊在禁锢着你灵魂的寝宫，捧着一卷长诗倚在窗前细细研读，只为再遥想她指尖的暖意与芬芳，却又被这突如其来的冷意分了心。

三更的鼓声已然敲响，你却依然没有睡意，灯下的目光炯炯有神，仿佛暗夜之星，纯净，剔透。殿外，那一盏盏排成一字形或宝塔形的供灯犹如繁星落地，把夜空照得通亮；殿内，僧侣们仍在祈祷神佛为藏地带来好运，祈祷来年风调雨顺。而你的心，却还在风中悠悠地吟哦咏叹，只为唤醒她又一次的盛大绽放，那绽放，只为你一人，亦只能为你一人。

你知道，这寂寂的夜里，她同样也在思念着你，要不又怎样解释她对那一朵青莲的救赎？只是，她走了，何时何地，你才能觅到她的芳踪？恍惚中，你与她携手同行，一起走在寂寞的夜里，笑语如珠，那片片妩媚的花红轻盈地落在你们肩头，掌心传递的气息温暖如春。

然而，轻轻一个回眸，现实中的你又缓缓落入了悠远绵长的思绪，于是，孤独或忧伤的情绪，便又从你的笔墨中倾泻而出。

她不想见你，亦不想跟你相认，她宁愿一辈子藏身在藏戏班子里，也不愿意回到你的身边，否则又该如何解释她再一次地匆匆离去。她是在躲你，这是你的深痛，也是你的劫难，是你一生一世的心恸。慌乱中她迫不及待离去的身影，不断在你眼前浮现，你明白，从今往后，恐怕这一生，你都要守着一份盛大的想念，独自过活，独自憔悴了。

第11卷 佛 旅

轻垂辫发结冠缨，临别叮咛缓缓行。

不久与君须会合，暂时判袂莫伤情。

你是一个活佛，一个寂寞的活佛，一个为爱而活的活佛。

终其一生，你都在佛的国度里旅行，明心见性，却又在情的世界为爱痴狂，无怨无悔。你是矛盾的，纠结的，也是豁达的，潇洒的，你拥有无上的大智慧，却始终沉沦在爱欲中无法自拔，且心甘情愿，从不退缩，所以，我始终难以给你下一个结论，不知道到底该如何定义你，才拿捏得准确。

或许，你是活佛中的情人；或许，你是情人中的活佛。但"情僧"二字，用在比你小二百〇一岁的苏曼殊身上尚可，用到你身上，似乎又不是那么妥帖，那么，索性就称你为在佛的世界旅行的情人吧！

　　你，六世达赖喇嘛仓央嘉措，给后人留下的是天下第一有情人的风雅形象。灵山遥遥，经幡飘飘，那一缕灵动的梵音，始终招引着超越世俗的朝圣者，艰苦卓绝地行进在或平坦或崎岖的道途，前赴后继，从未间断；而作为活佛的雪域之王，你却在这条充满希冀的路上，演绎着一段段令人扼腕唏嘘的情爱悲剧，给求圣者们不断捎去生命中最真实的感动与最惊心的瞩目。

　　佛是什么？寻佛成祖的路途中，是否必须经历喧嚣红尘中那一幕幕繁华与颓败的洗礼？佛陀释迦牟尼之所以伟大，是因为他经历了从繁华至极到淡定至极的蜕变，并非他一出生就能洞悉了悟生命轮回的十二因缘，而你要在成佛的道路上一路走下去，自然也要经历一番大艰辛。

　　不历经磨难，如何见彩虹？释迦牟尼从凡人到成佛的过程，恰恰印证了生命是需要在多生多劫中不断受罪与吃苦，才能获得灵魂上的不断升华；而你对性灵与爱情的渴求，往往和高高在上的神佛，或者和人为臆想的若干天条是相违背的，于是，从你流连八廓街的各种酒肆之际，便已注定你只能成为一个失败的活佛。

　　然而，因缘际会，上天又无意间将你铸就成一个伟大的诗人，一个世间罕有的情人。当踏着温软多情的雪花，从夜色笼罩下的神坛偷偷走出宫门的你来到那个仿佛东山明月般皎洁的少女面前时，也许就是为了印证过往中那一个又一个让人心醉神迷的瞬间的到来。但，这样的行径显然与世人理解的神佛相去甚远。

佛是有情觉悟了的众生，那世间清纯灵动的女子又如何呢？那纯净有如喜马拉雅山的冰洁心灵，那潋滟有如纳木错圣湖的澄澈情怀，终让你灵魂深处生出对爱情的渴慕，于是，在那些个不为人知的夜晚，你千怜万爱，入神，入灵，入魂，又一个生命的轮回，如同隽秀的画轴，被缓缓铺展开在人世的灯光下。而佛之出入世间的情怀，亦实实在在地给了人间最彻底的警示。

爱，生生世世苦苦追寻着某人的爱情，生生世世苦苦眷恋着某人的执着，那"恰似东山山上月"的"佳人绝代容"也只是心头一抹珍念，遥远得无法用时间与空间丈量，但你始终"寤寐不断忘"，而那一句"心头影事幻重重"，更道尽人世间所有执着于思念的情爱最终的虚幻不实，所以到最后也只能抱着"此后思君空断肠"的空寂，度过悲伤苦痛的一生了。你短暂的情感示现，最终的生命归宿，至今都还只是个未解的秘密，但无论怎样，你带有悲剧色彩的一生，总是能给我们这个五毒炽盛的人间以某些正面的启示。

一句"历历情人挂眼前"，描绘了你在研习佛法和追求爱情之际难以取舍的矛盾心情。从字面上解释，这句诗的大意是说观照时凝神于一处，将满腔的爱意倾注于一个又一个的具体形象上，清晰着一个又一个执着的相，也就是成就灵魂升华的参照物。如果能将此种意识转移到学道上，也就可以将学道之外的名闻利养、宠辱得失统统放下，成佛成道也就很容易了。

这世间，本色的真爱实为难得，若有，最终亦会以凄艳悲剧结局，任后人久久凭吊，亦如你对玛吉阿米的眷恋。真爱如佛心者，世上也许不会存在，但你超越凡俗乃至宗教条规的对于爱情的生死追寻，却将所有的顾忌统统放下，于大悲大喜的真实感动里时时激荡着心灵的梵唱，或许，这才是最真实的菩提觉悟的行迹吧。

> 第一最好不相见，如此便可不相恋。
> 第二最好不相知，如此便可不相思。
> 第三最好不相伴，如此便可不相欠。
> 第四最好不相惜，如此便可不相忆。
> 第五最好不相爱，如此便可不相弃。
> 第六最好不相对，如此便可不相会。
> 第七最好不相误，如此便可不相负。
> 第八最好不相许，如此便可不相续。
> 第九最好不相依，如此便可不相偎。
> 第十最好不相遇，如此便可不相聚。
> 但曾相见便相知，相见何如不见时。
> 安得与君相诀绝，免教生死作相思。

因缘际会，少年时代的你并没有出现在神圣的布达拉宫中，也没有过着清规戒律包围着的活佛生活；恰恰相反，年少懵懂的你在这段相对自由的时期，在民间邂逅了美丽纯真的少女玛吉阿米，并与之相恋相爱，共同谱写演绎出一段凄婉甜美的爱情故事。

少年的天性，一经跟人性里情爱的因缘会合，那巨大的牵引力，就生出让你永远无法摆脱掉爱欲的"桎梏"，以致成为活佛后的你也不禁咨嗟惋叹着"不相见""不相知""不相伴""不相惜""不相爱""不相对""不相误""不相许""不相依""不相遇"。

对混迹于红尘之中的你来说，这假定的十个前提是毫无意义的，而后来的"不相恋""不相思""不相欠""不相忆""不相弃""不相会""不相负""不相续""不相偎""不相聚"，恰恰是在前面虚幻不实的因中衍生出的同样虚幻不实的果，至于怎样地去爱，你没有给出具体的答案，最终只是以一个苍凉孤独的背影，将自我灵性中最为艳丽的影像，永远地镌刻在了后世求真悟道者的心间。

你生生世世所求的"不负如来不负卿""结尽同心缔尽缘""深怜密爱誓终身"，如果我们仅仅将之当作红尘世界男女灵肉相融的快感，或者情爱泛滥的借口，便大错特错了。世间男女相亲相爱并不是目的，而是让人从中透视出生命无常，最终走向觉悟的一个关口。你的虔诚、纯净无瑕的少年情怀，不就是求道觉悟者所应具备的基本条件吗？若能将爱恋化成寻求菩提觉悟的动力，道心也就坚定不移了；再将人间的相知、相见、相依，相偎、相爱、相恋参悟通透，这无常变幻的欲念亦即熄灭了。

　　灵魂触须无处不延伸，人之灵魂，无形、无相、无声、无语、无色、无味，却广大有如虚空。而灵魂的玄机，更是世人无法理解透彻，也无法调控掌握的。人的过失，也许就来自灵魂深处的一念，至于人性中固有的爱恨情仇，数千年来已经上演了太多的悲欢离合。或许，当我们灵魂感悟的触须，偶然间契合了佛陀当年"中道"觉悟的因缘之际，三百多年前西藏雪域高原那个苍凉瘦削的背影，才能指引我们摒弃人性中所有虚伪的情感，毅然迈向自我灵魂不断超越的喜悦之路。

　　　　心向桃花
　　　　灼灼又涟涟
　　　　新的希望
　　　　跳上你的眉梢
　　　　从梦里
　　　　开启

　　　　美好的理想
　　　　足够支撑一生的
　　　　欢愉
　　　　我不点缀任何的花海
　　　　我只绽放

独有的芬芳

无论寂寞，还是

繁华

千种花月

不如故里一张暖榻

外面世界再多的喧嚣

都逃不过被乡音

过滤的

命运

而我能想到最浪漫的事

便是坐在路边的

台阶上

看花开四季

有你

在身旁微笑不语

春天的河

一网情深

鸟语花香

不过是一场生活秀

弹自己的棉花

且让别人

作他的曲去

月亮诉说的是月亮的故事

太阳永远有它

自己的使命

当你为错过月光而

忧伤时

便要错过阳光

你不懂，我的梦

就是陪你做梦

作为活佛仓央嘉措，身居布达拉宫的你也许并不是合格的，但作为情人存在的宕桑汪波，却又感动了无数的红尘男女。你爱，你无法忘记，你不能放弃玛吉阿米，因为你对她的依恋已经深入骨髓，怎么割也割舍不了。你只能向拉藏鲁白求助，现在，整个西藏，也只有他能把刻意躲避你的玛吉阿米找出来了！拉藏鲁白向你保证，就算把整座拉萨城里里外外都挖空，他也要替你把玛吉阿米给找出来，可是，如果一个人执意想躲着你，不愿跟你见面，又该如何找起？

徘徊在五世达赖喇嘛生前长期居住的哲蚌寺甘丹颇章宫内，你放眼望去，殿堂屋顶、窗台、佛龛、供桌，以及佛塔周围，都被点燃了无数灯盏，就连台阶上也摆满了一盏盏酥油供灯。一时间，灯火通明，蔚为壮观，不得不令满怀忧伤的你也叹为观止。因为参加雪顿节，大批的信徒都蜂拥向拉萨城外的哲蚌寺，直至深夜也未散去，他们知道你就在这里，所以一直匍匐在寝宫前等待接受你的摸顶赐福。他们真的把你当作了能够拯救一切苦难的第六世达赖喇嘛了，听着殿外的藏民们一声声呼唤你"仁波切"的声音，你的眼中有泪水在不断打着转。"仁波切"是藏文，意指"珍宝"或"宝贝"，这是广大藏族信教群众对活佛敬赠的最为亲切、最为推崇的一种尊称，可是，你真的担当得起这样的称谓吗？

你不想思考，不想再纠结自己到底是不是五世达赖喇嘛的转世。是也好，不是也好，你现在最想做的事就是找到玛吉阿米。你度日如年，你害怕在拉藏汗找到玛吉阿米前，她就已经早早离开拉萨城了，然而，这一切的担心，却都在第巴的干涉下戛然终止了——第二天清晨，刚刚昏睡过去的你突然被一阵嘈杂的声响吵醒，你抬起头，默默望向窗外，但见阳光刺眼，头痛欲裂。你光着脚走出寝宫，向着声源的方向走去。直觉告诉你，那刺耳的，扰你幽梦的，是鼓声。

那，果然是鼓声。广场的正中，执法喇嘛敲着一面新做的鼓。响彻云霄的鼓声刺激着你的耳膜，强烈的天光也映得你睁不开眼，但你清楚地知道，那是一面新做的——阿姐鼓。这是一种骇人听闻的酷刑，这是一面骇人听闻的人皮鼓。你无法理解，深信轮回的藏民们，竟会用这样残酷的方式去对待生死，你更是没想到，你一腔的热爱居然需要用热血来祭祀！

第巴桑结嘉措站在高台上，威严的面孔不带有任何感情。你跟跟跄跄地跑上高台，颤抖着声音指向台下那面阿姐鼓问，这……桑结嘉措面无表情地盯着你，听说佛爷为了一个唱藏戏的女子贻误了性情，所以，为了格鲁派的明天，为了西藏的前途，我只好出面替天行道了！难道，难道这面阿姐鼓是……天哪，那一瞬，你顿觉天旋地转，这到底是怎么回事？拉藏汗不是已经派出人马去找玛吉阿米了，怎么最后却让第巴占了先机？这……这……你……你好大的……桑结嘉措依旧漠然地盯着语无伦次的你，佛爷忘了你先前一直都还在禁足期吗？八廓街上的酒家女已经让整个布达拉宫都因你蒙羞，你居然还假借雪顿节的由头来哲蚌寺跟一个戏子幽会，你是想让整个格鲁派的僧侣都因为你而丢脸吗？

你一下子便被第巴问住了，但此时此刻的你根本就不关心自己的名誉，你只替玛吉阿米的生死担忧，忍不住咆哮地斥问桑结嘉措：我问您，那面阿姐鼓是怎么回事？桑结嘉措没有回答你的话，只是冷眼瞟着台下的阿姐鼓，平静地说：是的，正如佛爷所料，这些年来一直牵绊着您，不能让您静心修行的俗物，我已经替您妥善地解决好了，这面鼓，就是用那个叫作玛吉阿米的妖女的皮制成的。什么？天在旋，地在转，那面鼓，真的是……你不顾一切地冲下高台一路狂奔过去，拼命用头去撞击那面惨绝人寰的鼓，面无表情地看着汩汩的血水从额上渗落下来。

无情的宗教怎会顾及个人情感的抗议或控诉，更何况被尊为佛的你。第巴还是用不近人情的声调高声说着：其实在西藏，只有纯洁女人的皮才配制成阿姐鼓，所以，这面不洁的鼓，还是付之一炬吧！你再也忍不住了，你大喊一声住手，不等铁棒喇嘛动手，突地转过身来，目光如炬地瞪着桑结嘉措吼着，你只不过是个第巴，你凭什么处死我的爱人，又凭什么烧掉这面鼓？我，才是这里的法王！桑结嘉措望着你冷冷地笑了：不，你不是，至少现在还不是，只有清除了你身边所有的魔障，你才能真真正正地行使佛祖赋予你的责任和权力。执法喇嘛，动手吧！

火，熊熊地燃烧着；泪，也无声地往下流淌。火里，泪里，玛吉阿米已看不到你的心在一寸寸地剥离。你，西藏的神王仓央嘉措，孤独地倒在了那面即将灰飞烟灭的阿姐鼓前。不，你绝不能眼睁睁地看着玛吉阿米再次从你身边消失，你突地发了疯似的站起身，不顾一切地从熊熊燃起的烈火中，抢下了那面残缺的阿姐鼓，随即又浑身瘫软地跌坐在了地上。桑结嘉措就那么一直冷冷地注视着你和你怀里那面仍被袅袅的青烟吞噬着的阿姐鼓，直到你用尽浑身的气力扑灭所有的火星，才高昂着他那高贵的头颅从高台上缓缓走下，一直走到你瘫倒的地方。来人，送佛爷回寝宫歇息！桑结嘉措瞟一眼你，用近乎不可一世的语调大声吩咐着。几个喇嘛应声赶了过来。你脸色苍白地瞥了众人一眼，强打着精神从地上默默站了起来，四下找寻着洛桑喇嘛的身影。洛桑呢？你抱着阿姐鼓推开向你走近的喇嘛，低垂着眼帘，有气无力地说着：退下，你们都退下，让洛桑送我回寝宫就行。

洛桑喇嘛以后再也不会出现在布达拉宫了。桑结嘉措目光如炬地盯着你，他永远都不会回来了。什么？莫非洛桑喇嘛也遭遇了不测？你把洛桑喇嘛怎么了？你颤抖着身子指着桑结嘉措，你……你……桑结嘉措伸过手轻轻按了按你的肩头：洛桑他犯了错，就必须受到教规的处置。现在，我已经把他交给铁棒喇嘛法办了，不过您放心，过两天我会亲自再替您挑选一个能干的侍从过去服侍您的。什么？仇恨的光芒在你眼里闪现，随即又被了无生趣所取代，你突然觉得脑海里一片空白，世间更是一片茫茫苍苍，失去了往昔明丽的色彩。会有比洛桑更合适的人选的，桑结嘉措依然面无表情地望着你说。你轻轻推开他的手，只是淡淡地说了一句不用了，随即抬起头望向空洞的天幕，孤寂地朝甘丹颇章宫深处走去……

心，越来越冷，你的世界，也变得越来越黑暗。因为，爱情与幸福，于你，已成了一个永远无法拥有的苍凉而华美的手势，轻轻地挥过，不着一丝痕迹。

你不在红宫接受礼拜，也不在白宫参习佛经，只是把自己关在日光殿里，自欺地认为己把所有的厌恶都隔绝在了牢笼之外。你不再诵念六字箴言，你不再轻呼佛祖的法号，你只在纸上写下自己的感情，然后反复吟唱。这一笔笔用手写下的墨字，很多已被泪水浸湿。然而，心中没有写出的情意，是怎么也不会被抹去的。你只是用这种方式，铭记你曾经的幸福，你决心用这种方式，了却你剩下的无奈残生。

渐渐地，你似乎也明白了经书上说的话：我们只是漫无目的地在这个世界流浪。我们的心构建贪嗔痴，然后就像醉汉一般，跟着贪嗔痴的曲子狂舞。快乐稍纵即逝，痛苦却如影随形。人生就像一场梦魇，只要还认为梦是真实的，我们就是它的奴隶，心甘情愿地大梦不醒。

是这样的。人都有梦，梦总要醒，可是梦醒之后人又会在哪里呢？如立痛苦的悬崖，那真的不如一觉而不醒来。

其实，你所有的痛，第巴桑结嘉措都看在眼里，疼在心里。你还是个孩子，你不应过早地经历这些人世间的生离死别，可为了西藏，他又不得不狠下心来那么做。那个女子虽已被他悄悄送出拉萨城，但现在还不是让你知道真相的时候，只有玛吉阿米在你心里死去了，你才能真正担当起六世达赖喇嘛的职责，而这痛苦也是你作为活佛所必须承受的。

眼看着你一天天消沉下去，为了缓和自己与活佛日益紧张的关系，桑结嘉措决定暂时把你送到五世班禅罗桑益西那儿去。这样想着，桑结嘉措立马提笔给五世

相见何如不见时 3：仓央嘉措，让我住进你心里

班禅罗桑益西写了一封措辞严谨的信，信中提到，按照他们之前的约定，五世班禅是时候要给达赖喇嘛授比丘戒了。他近期会安排活佛去日喀则的札什伦布寺面见五世班禅，又说活佛对佛经的学习不甚用功，他亦曾对你一再规劝，但未蒙采纳，所以希望五世班禅以师父的身份多多引导指教。

就这样，你去札什伦布寺面见了五世班禅罗桑益西。来到札什伦布寺时，已近黄昏，夕阳下的寺院显得一派安详宁和，寺外的转经道纵横了一道道的车痕，成群的放生狗静静蹲在那里。"札什伦布"为藏语，意为"吉祥的须弥山"，由格鲁派祖师宗喀巴的徒弟一世达赖喇嘛根敦珠巴于公元 1447 年修建，是后藏最著名的黄教寺院，也是历代班禅的驻锡之地。这是一座伟大的寺院，也是一座令人尊重的寺院。

夕阳深处，五世班禅罗桑益西正站在那里静静等候着你的到来。几年前，就是他在浪卡子给你授的沙弥戒，当时你还是个聪慧明智的孩子，现在又该变成什么模样了呢？

你一脸落寞地来到寺院前，带着一身的疲惫和满腹的极不情愿。面对眼前这个慈祥的老人，你始终默然无语，只是毕恭毕敬地向他行礼作揖。你瘦削的脸上，乌云密布，神情决绝。五年前，便是这位大师为自己授了出家戒和沙弥戒。那时的你，锋芒毕露、修为精进，为众人所赞不绝口，一致誉其为不世出的天才灵童。你至今还记得五世班禅对你的殷殷教诲，以及对你寄予的厚望，那时的你，能将很多人一辈子也无法参透的机锋于瞬间化解，可是之于玛吉阿米，你却一辈子也参悟不透了。

班禅大师目光炯炯地望着你，许久，他终于开口，提议你为全体僧人讲经。然而，出乎意料的事情发生了，你，活佛仓央嘉措，居然当众拒绝了班禅喇嘛的请求。五世班禅大惊失色地盯着你摇了摇头，但他毕竟是见过大世面的人，很快便恢复了镇定，既然达赖喇嘛不想讲经，那么，就按照原先与桑结嘉措的约定，直接给你授戒吧。可是，这一回，你居然扑通一声跪在地上，望着五世班禅沉痛万分地说，弟子有违师父之命，实在愧疚。比丘戒我是万万不受的，也请师父将以前授给我的沙弥戒一并收回吧。

什么？在场的所有人，包括五世班禅和全体僧人听了你的话后，无不大惊失色，若是退了沙弥戒，就不是出家人了，哪里有俗家人当活佛的先例呢？五世班禅轻轻叹口气，继续劝你接受比丘戒，你依然果断地拒绝，头摇得像拨浪鼓，所有在场的喇嘛都震惊了。班禅大师祈求劝导良久，你只是沉默以对，然后毅然起身，旁若无人地在殿内奔跑起来。没有任何多余的声音，唯有你的喘息声，你的脚步声，在空旷的大厅里发出沉重的回响。

面对如此情形，众僧早已经炸开了锅。他们开始小声议论，即使在远离拉萨的后藏日喀则，他们也早已

相见何如不见时3：仓央嘉措，让我住进你心里

经听说你这个活佛不守清规，甚至偷偷溜出宫外与一群俗人饮酒作乐的劣迹，但让他们万万没有想到的是，你竟然会当着班禅大师的面如此坚决地拒绝接受受戒。五世班禅没有办法，只好先让你退下休息，你什么也没说，一个人孤独地游荡在札什伦布寺，见到你的僧人都将你当作了异类，纷纷躲避着你。

你知道，世事从来难以尽如人意，人在历史中从来只是卑微如蚁，无法自持。白丁布衣如斯，高贵如达赖喇嘛亦如斯！玛吉阿米的弃世让你哀婉欲绝，现在的你是多么渴望能够重新回到滚滚红尘之中，去尝那爱情的酸甜苦辣，品那人世的悲欢离合，而不只是作为一个无所事事的旁观者，什么也不能做。听着那热闹的人世之声，你静静站立于空旷的蓝天之下，阳光灿烂，那瘦削颀长的身躯投下长长的影子，孤独、迷茫、凄清、冷寂……

很多时候，生活不给我们选项。虽然我们苦苦徘徊，精细地衡量着每一个取舍的得与失，事实却是，命运之神早已安排好了一切，不管我们的脚步如何踟蹰，不理我们的频频回首。逃避吧，既然没有选项，那么就丢开题不做罢了，逃避这戒律森严的宗教仪轨，逃避这终日监护你的佛陀、菩萨、法王……你年轻、蓬勃的心灵，就像寻找着阳光的向日葵，要那灿烂阳光的抚慰，并坚信，只要你坚持下去，伸手便能触及你想要的春天。

你在寺中徘徊良久，泪水洇湿了你的面庞。抬起头，望着夕阳下高昂的雪山，你想了很多，也想了很久，终于，你提起笔，运足气力，在墙壁上题写了一首令人断肠的情诗：

轻垂辫发结冠缨，临别叮咛缓缓行。

不久与君须会合，暂时判袂莫伤情。

题毕，从容入殿面见五世班禅大师。你步履从容地走到日光殿外，一撩僧袍，给罗桑益西磕了三个响头，嗫嚅着嘴唇反反复复只说着一句话：违背上师之命，实在感愧。之后，便黯然离去。在后来的许多天里，你不仅一直拒受比丘戒，而且恳切地继续要求班禅大师收回此前在浪卡子所授予你的出家戒和沙弥戒。无法忘情于玛吉阿米的你，痛彻肺腑地匍匐在罗桑益西脚边泣曰：上师，若是今次不能交回以前所授的出家戒及沙弥戒，我将面向札什伦布寺而自杀，二者当中，请择其一，清楚示知。

夕阳斜照过来，如血的残阳铺在札什伦布寺中，你眼中一片血色，坚毅地跪在那里，一动也不动。周围的僧人无不惊讶失色，大家一个个全都傻了眼，原本准备好要劝你的说辞，现在一句也用不上了。大家本想动之以情、晓之以理，让你迷途知返，重回大无量佛界，可谁也没有想到，你会突然耍出这么一招！你这可真是造反了！要知道，即使对你以往做下的种种荒唐事情既往不咎，也是便宜了你三分！

　　这下可好了，你不仅不承认不改悔从前所做的错事，不接受比丘戒，居然还变本加厉，要班禅大师收回以前所授予你的出家戒及沙弥戒，甚至还以自杀相胁迫，实在是件大逆不道的事情，这事又怎会在令人景仰的达赖喇嘛身上发生？要知道，你可不是普通人，你可是西藏的转世活佛，是西藏的神，是西藏的精魂，是西藏的宗教领袖，要是连你都自杀了，那可怎么向全天下的人交代啊？

　　你的话如同平地一声惊雷，铿锵有力地落在五世班禅脚前，罗桑益西抬起头直愣愣地看着眼前这个既熟悉又陌生的大男孩，简直不敢相信自己的眼睛和耳朵。你所有压抑在内心的真实声音，早已把五世班禅惊吓得浑身发抖，他无法相信，经他剃发受戒的六世达赖喇嘛，竟然有朝一日会说出这样的话来，这实在是太放肆了！但宽容大度的罗桑益西并没有责怪你，良久，他才从这巨大的震惊中缓过神来，慢慢整了整衣领，双手合十，对着你顶礼膜拜，恳请你珍惜自己的万尊佛体，不为自己，也得为天下苍生祈福。

　　你微微一笑，苍生万物？什么是苍生万物？苍生万物又与我何干？万般溪水，我只取一瓢饮。世间女子多矣，我心里只容得下一人，那就是被第巴残害至死的玛吉阿米！五世班禅并不知道，那时那刻，你的心早已死了。那面人皮鼓彻底击碎了你对第巴桑结嘉措葆有的最后尊敬，既然第巴不能成全于你，你又何必为了第巴委曲求全？这个活佛，你从来都没想当过，又为何要受比丘戒，让自己陷入更多的教规更多的束缚之中？如果做活佛就是禁锢人的本性，那么你情愿只做一个放马南山的牧人。

本来，这次来扎什伦布寺的路上，你早就已经下定了返回之前所受沙弥戒的决心，然而，面对德高望重、对你寄予无限期望的五世班禅，你又于心不忍了。五世班禅是这世上唯一可以让你崇拜景仰的人了，不管你多么不愿意成为布达拉宫里的傀儡活佛，你也决不能让师父为你伤心为你难过的，于是，你不再勉强，在扎什伦布寺住了十余日，便带着随时随地都藏在身边的，那面令你伤心欲绝的人皮鼓，起身返回了布达拉宫。

玛吉阿米，无论何时何地，我都会与你同在的。你不顾五世班禅在你临行前恳请你不要再穿俗家衣服的要求，毅然决然地脱下了象征活佛身份的袈裟，再次换上了俗人的衣服。那轻轻垂下的假发辫，与帽子的缨带连接在一起，华美得令人不忍侧目，可她不在了，你还要装扮成宕桑汪波去见谁呢？临别前千叮咛万嘱咐，缓缓不愿离去，为什么一转身，你便永远失去了她的温暖？玛吉阿米，请相信我，我会一直都陪着你的，过不了多久就会回来和你会合，所以，请不要为这暂时的离别悲伤难过，也不要再为了我曾经的错误痛哭涕零。我发誓，你心上的泪痕，我会用余生的劫难，和我眼角滚烫的泪水，一一替你抚去的。

相见何如不见时 3：仓央嘉措，让我住进你心里

第12卷　针　毡

十地庄严住法王，誓言诃护有金刚。

神通大力智无敌，尽逐魔军去八荒。

在达赖喇嘛的位置上，你——仓央嘉措，没有一天不是如坐针毡。玛吉阿米死了，洛桑喇嘛被逐出了拉萨城，你唯一能做的就是拒绝接受比丘戒，以此抵抗第巴对你的种种禁锢。

曾经，你是一只自由自在、欢快无比的小鸟。在达旺长满杜鹃花的家门前，你听着阿爸嘹亮婉转的歌声，脸上露出无比陶醉的神情；在巴桑寺外草木葳蕤的高原上，你望着在羊群里挥舞着牦牛鞭的玛吉阿米，心里感觉比吃了蜜糖还甜。然而，无忧无虑的日子，终于被第巴桑结嘉措的野心打破了，向往自由的你被不由分说地强行带往拉萨，关进布达拉宫的铜墙铁壁，每天面对的，除了繁重枯燥的课业，便是没完没了的经咒声。坐在人人崇敬的活佛宝座上，年轻的你感受到空前的巨大压力，心里仿若被掏空了一般，无时无刻，不在想着如何逃离布达拉宫，回到阿妈的身边，回到那个有玛吉阿米做伴的世界。

为弥补过去被你荒废的时光，桑结嘉措把你安置在五世达赖喇嘛生前驻锡的哲蚌寺，并特地请来数位闻名西藏的高僧大德，在严格的戒律和规范的制度下，教你如何成为一个真正的达赖喇嘛。你从没想过进入布达拉宫，便意味着你要学习这么多东西，你每天不仅要掌握包括萨迦、格鲁、宁玛各派的佛教经典，还要学习金刚步法、舞姿、灌顶、解脱、教规、密咒、算数、大小五明等课程。

大小五明是藏传佛教文化的重要组成部分。"大五明"包括工巧明（工艺学）、医方明（医学）、声明（声律学）、因明（正理学，用现代哲学的语言来说，就是逻辑学）、内明（佛学）。"小五明"则包括修辞学、辞藻学、韵律学、戏剧学、历算学。虽然你自幼聪慧过人，但如此繁杂的课业，还是让你不胜负荷，压得你喘不过气来。你并不想学习这么多的知识，甚至不明白为什么要学习这些知识，不是说达赖喇嘛是西藏的最高政教领袖嘛，这样的身份，意味着你拥有了无上的权势和永远取之不竭的财富，那么如此没完没了地做功课又有什么用呢？

你不想把自己最美好的时光浪费在各种繁重的学习课业上，这个年纪不是应该心无旁骛地奔跑在草原上尽情放歌吗？在巴桑寺外的居民点，和你同龄的孩子根本不需要像你这样整天关起门来读书，他们不是在唱歌，就是在跳舞，不是在恋爱，就是在喝酒，可你除了学习，什么也不能做，不能恋爱，不能喝酒，甚至都不能随心所欲地唱歌跳舞。这样的日子到底有什么意思？难道，做活佛就是为了学习这怎么也学习不完的功课？

　　你不想学习，也不想做活佛。你只想用肆意开怀的大笑，舞动无邪的青春；你只想用毫无顾忌的俚语情歌，唱亮整个星空；你只想用刚劲有力的舞姿，博取姑娘们的热情欢呼；你只想在月亮升起来的时候，和玛吉阿米并肩躺在柔软的草地上，高声放歌；你只想在格桑花起伏不定的海洋中，抱着玛吉阿米欢快地打转；你只想在太阳还没落山的时候，悄悄跑到玛吉阿米身后，张开双臂，将她紧紧拥入怀中，轻轻告诉她，你有多爱她多想她。然而，来到了拉萨，来到了布达拉宫，来到了哲蚌寺，你想做的每一桩事都再也做不了，在第巴的严厉督促下，你只能埋首浩瀚犹如星辰大海的各种书籍中，不停地学习，不停地做功课。

　　你不想过这样的生活，真的，一分一秒都不想过！你后悔自己在离开巴桑寺的时候，没有鼓起勇气拒绝前往拉萨坐床；你后悔在聆听梅惹大喇嘛的教诲时没有明确告诉他，你并不想当什么活佛，也不想去布达拉宫；你后悔在玛吉阿米失踪之前，没有向她果断表白心迹，许下要娶她为妻并立马带她回乡的诺言。总之，在哲蚌寺学习的过程中，你每一天都是在烦冗的课业和无穷的后悔中度过的，可你也知道，世上没有后悔药，既然被从遥远的山南，千山万水地拉来当了这个凑数的活佛，你终归逃不了教规仪轨的种种禁锢，还有第巴近乎严苛的管制。

该如何？该如何？作为达赖喇嘛、西藏的领袖，你却完全没有一丝一毫的人身自由。你就是第巴手中的提线木偶，他让你做什么，你就必须做什么，而且也只能在他的操控下按照他的心意去做。可一切都不是你真正想做的，你并非什么提线木偶，而是一个活生生有血有肉的人，你有自己的思想自己的欲望，凭什么必须活在第巴的管制中，思他所思，想他所想？然而你还只是个孩子，你羽翼未丰，除了洛桑喇嘛，其余人表面上都对你毕恭毕敬，其实根本都没把你放在眼里，这满腹的苦衷，你甚至不知道该向谁去倾诉。包括洛桑喇嘛在内，你身边所有的人都是第巴的人，第巴才是西藏真正的统治者，而你只不过是空顶着达赖喇嘛头衔的傀儡，既没有任何的实权，也没有毫厘的势力，这样的一个你，又拿什么去抵抗第巴？真要与他作对，也无异于以卵击石罢了。

一箱云，一瓯花

月入梧桐柳入烟

一刀雪，一剪雾

心念天涯芳草新

人生就是

幻梦一场

又何必在意那年的雨

是否真的下过

看春风吹醒你

昨夜的梦

一树桃红相见欢

但愿

携手蔷薇一丛

从此，只与

风月做伴

不观钱潮不戏花

不听杨柳不闻雪

眼抱桃花

坐守海浪

我穿上昨天的诗歌

和你遇见在这

阳光明媚的暖里

才懂得

不必说什么人生

最大的遗憾

是不再相信你的每一句话

而是明白

人生最大的幸福

是冰天雪地里

我仍能看到

这漫山遍野的格桑花

　　你痛苦，你纠结，你坐立不安，你不知所措。年少不懂事的你，在经师们给你讲法时压根坐不住，更没法集中精力学习任何功课，常常在禅房里躁动不安地走来走去，看上去一点规矩也没有。白发苍苍的老经师总是不苟言笑地站起来规劝你，如果再不好好听讲，再不定下心来学习，第巴就又该责骂他了。你能怎么办？每当经师双手合十地望着你苦口婆心地规劝，就算对第巴心生再多的不满和抵触情绪，你也只好乖乖地坐下来，继续听经师为你讲解各种经文。天哪，莫非你整个大好的青春，都要葬送在这无休无止的读书学习中吗？

　　究竟，读那么多书有什么用呢？经师们总是毕恭毕敬地告诉你，学习这些知识，都是为了让你日后能够做好一个合格的、令所有人都崇敬到心服口服的达赖喇嘛而准备的，可你知道，你只不过是一个至尊傀儡罢了，西藏大大小小的政务都被第巴牢牢掌握在自己手中，你学习得再多，也不能改变这既定的事实！既然如此，为什么还要逼着自己这么辛苦地读书这么用功地做各种功课？第巴到底有什么不可告人的目的？！你以拳击首，潸然泪下。做傀儡都要做到这般辛苦，天下除了你仓央嘉措，恐怕再也找不出第二个人来了！

如花似玉的少年生活，便这样在痛苦与挣扎中悄然度过，而你也早已学得满腹经纶。十九岁的你，从哲蚌寺回到了那座你从来都不想念的布达拉宫，重新坐到那金碧辉煌的殿宇，接受从四面八方赶来的信徒们的顶礼膜拜。然而，你的心并不属于这里，你无时无刻不在思念着远方的亲人，白发苍苍的阿妈，长发披肩的玛吉阿米。你想阿妈，你想玛吉阿米，可你回不去，顶着神王的尊号，你却做不了任何一桩你想做的事，这让你情何以堪？你只能用抵抗的方式排遣你心中的不满与苦闷，可不论你怎么闹怎么使性子，第巴对付你的方式从来都只有两种，一种是近乎劈头盖脸的训斥，一种是把你当作空气的置之不理。

到底，你是布达拉宫里的至尊神王，还是桑结嘉措？你已经长大了，你不想再当他的傀儡，你不想继续在他的阴影下过活，所以，你必须进行一次彻彻底底的反抗，一次能够让他心痛到不知所措的反抗。于是，你穿上了俗人的绸缎衣裳、戴上了假发辫，以宕桑汪波的名号出现在了拉萨街头，出现在了八廓街的各种酒肆里。你放荡不羁的行为终于惹恼了格鲁派僧侣，也惹怒了桑结嘉措,喧嚣嘈杂中,你看到了那面人皮鼓,第巴告诉你,那是用玛吉阿米的人皮制成的鼓,你一下子瘫倒在地上,撕心裂肺地痛着。

你被第巴打败了,彻彻底底地打败了!好,既然你如此无情,就别怪我不明事理!你拒绝接受比丘戒,并请求五世班禅收回先前早已授予你的出家戒和沙弥戒。你的理由听上去冠冕堂皇,你认为出家人本应戒体清净,而不该受到俗世五蕴的熏染,但达赖喇嘛却身负领袖地方、处理俗务的责任,这岂非自相矛盾?既然第巴一直口口声声地说,未来的西藏要接受你的领导,那你就不能一边做活佛一边统治江山,所以,当活佛还是做西藏的领袖,你只能选择其一,而你的终极选择便是以俗世人的身份治理一方水土。

你超群的思辨能力,让学贯古今的五世班禅大师也找不到任何的话来反驳你。回到布达拉宫后,你出格的行为愈来愈变本加厉,甚至明目张胆地蓄起长发,公开与第巴作对,以表明你反抗到底的决心。据勒隆协巴多吉喇嘛的传记《勒隆吉仲洛桑陈来自传善缘喜筵》记载:“圣尊身穿一件浅蓝绞子薄藏袍,头发垂至耳下,手指满戴饰品。左右随从穿着不伦不类,佩戴箭筒……”,可以清晰地看出,你已然不再把第巴放在眼里,也不再害怕他的指斥与教训。你才是布达拉宫的主人,你才是西藏的政教领袖,为什么事事都要受制于一个总管?既然你是独一无二的神王,你就要履行神王的权威,于是,在蓄发之后，你做的第一件事，便是让拉藏汗把已经找出来的仲科塔尔杰乃送到布达拉宫给你当贴身随从。

仲科塔尔杰乃，就是当初给你写信告诉你玛吉阿米即将跟随藏戏班子到哲蚌寺演戏的那个人。让你感到意外的是，当仲科塔尔杰乃被拉藏汗送到布达拉宫时，你才发现他竟然是一个和你年纪相仿的年轻人，而且长得高大英俊、气度不凡，你几乎是在看到他第一眼时就喜欢上了他。你亲切地称呼仲科塔尔杰乃为拉旺，你带着他冲破格鲁派僧侣的阻挠，不断前往安置仁珍旺姆祖孙俩的府邸尽情饮宴欢歌，甚至，当他和桑结嘉措最心爱的女儿拉珍眉来眼去、暗度陈仓之际，你也只是睁只眼闭只眼，采取了默认放纵的态度。很快，整个拉萨城都在风传你、仲科塔尔杰乃，以及桑结嘉措的女儿拉珍之间的各种流言蜚语，甚至说你和仲科塔尔杰乃、拉珍，都存在苟且的暧昧关系，甚嚣尘上。他们爱说什么就让他说什么好了，你懒得去理会这些流言，照样带着仲科塔尔杰乃出现在拉萨市井，照样纵容仲科塔尔杰乃和拉珍的私情，甚至想要以你神王的身份命令桑结嘉措把心爱的女儿嫁给仲科塔尔杰乃。

桑结嘉措自然不会把女儿嫁给你的随从，更何况这道命令还是一直受他管辖节制的傀儡活佛下达的！太阳是打西边出来了吗？那个处处与自己对着干的仓央嘉措，真当自己是天授神权的法王了吗？居然还要干涉他的家事，真以为他不敢废了你这个神王吗？他自然不敢，尽管这个想法在他心中早已蠢蠢欲动。六世达赖喇嘛的身份是他亲自认可，并用一系列方法让整个西藏的子民都接受了这种认可，这个时候废了你，岂不是出尔反尔，搬起石头砸自己的脚？虽然桑结嘉措一直都没把你这个活佛放在眼里，但西藏广大的信徒早已尊奉你为他们唯一的精神领袖，即使他想另行废立，他们也是万万不会答应的，再说拉藏鲁白一直都在伺机抓住桑结嘉措的把柄，好把他一棍子打死，这个时候废掉你，不正好给了蒙古势力反抗他并最终推翻甘丹颇章政权最有力的借口？

桑结嘉措没有那么傻，他不会自掘坟墓，但是，他对你"迷失菩提"的不满，也早已累积到忍无可忍的地步，于是，他决定给你一些小小的教训，而矛头自然指向了你身边最为信赖的随从仲科塔尔杰乃。桑结嘉措决定一不做、二不休，直接除掉被你称作拉旺的仲科塔尔杰乃。桑结嘉措认为，除掉仲科塔尔杰乃可以起到一箭三雕的作用，一是达到警醒你的目的，二是做给把仲科塔尔杰乃送到布达拉宫的拉藏汗看，三是断绝女儿拉珍的念头，让所有关于仲麦巴家族的流言自动消失。

箭在弦上，不得不发。桑结嘉措立即与亲信钟锦丹津鄂木布、阿旺那木准、多罗鼐、噶济纳巴、特依本等人秘密商议，欲将撺掇你"游戏三昧"的仲科塔尔杰乃杀死以绝后患。公元1703年，因为仲科塔尔杰乃的事，你和第巴彻底决裂了。桑结嘉措认为，仲科塔尔杰乃是拉藏汗故意安插在你身边的奸细，专门负责挑唆你做出种种与活佛行止相违背的甚至是大逆不道的事情来，尽管他还没搞清拉藏汗的终极目标是什么，但凭着敏锐的政治嗅觉，他意识到事情绝没有自己看到的那么简单，更何况仲科塔尔杰乃还玷污了拉珍的声誉，让整个仲麦巴家族都为之蒙羞！

作为第巴，作为藏王，他和达赖喇嘛以及蒙古驻军的统领拉藏汗都拥有至高无上的权力，现在，拉藏汗在背后策划了仲科塔尔杰乃侮辱仲麦巴家族的令人难以启齿的事情，他绝对不能忍气吞声，就此罢休的。侮辱了仲麦巴家族，就是对五世达赖喇嘛的侮辱，就是对整个西藏的侮辱，无论如何，他也不能听之任之，更不能接受达赖喇嘛的命令，乖乖地把女儿嫁给仲科塔尔杰乃那个小人的！为什么，为什么你这个活佛总是不让他省心？为什么已经二十一岁的你还是那么不懂事，甚至不能明辨是非？你身边的亲信随从，没有一个看不出是仲科塔尔杰乃在撺掇教唆你做出种种出格的事，为什么你却把他当作了奇货可居的宝物，不仅亲昵地称之为拉旺，给了他旁人难以企及的地位与荣华富贵，还要对他言听计从？桑结嘉措再也忍不下去了。他知道，留着仲科塔尔杰乃，迟早都是个祸患，所以，不仅要除掉他，动手还必须快，要赶在达赖喇嘛和拉藏汗都毫无反应之前，将他就地解决。至于拉珍，痛苦和伤心自然是必不可少的，但他相信，假以时日，爱情的伤口必然会慢慢愈合，与其让她在未来的岁月面对更多的苦痛与煎熬，不如现在就痛下杀手快刀斩乱麻的好。说到做到，很快，当你和仲科塔尔杰乃再次带着随从离开布达拉宫寻欢作乐的时候，在出行的途中，便遭遇了早就埋伏在路边的十余名刺客的伏击，而这场变故导致的直接结果就是，你的一名随从被当场砍死，仲科塔尔杰乃因为事前换穿了你的衣服，所以只是肩部受了伤，而你也受到了惊吓。

关于这件事，宁玛派红教喇嘛久美多吉的弟子在《圣僧自传遗事炽热太阳》中有详细的记述："那时很多藏蒙僧众对六世达赖喇嘛之所为进行各种邪视诽谤……第巴便准备派人在圣尊去宫后射箭回来时，将仲科塔尔杰乃（即被认为带坏了达赖的仆人拉旺）在半路杀掉。其日，恰巧达赖之衣给了塔尔杰乃穿，塔尔杰乃之衣又给了仆人穿，所以错将仆人杀死。知道杀错之后，另一人又补刺了塔尔杰乃一刀，但未杀死，只是受伤倒地。传言四起，圣尊对第巴的做法，非常不满。"

那次变故，你受到了不小的惊吓。你想都不用想，就知道是谁策划了这件事。除了第巴，在拉萨，在西藏，还没有第二个人有行刺达赖喇嘛随从的胆识与勇气，所以你立即赶到第巴府邸，气急败坏地指斥桑结嘉措策划了这一行动，并勒令他必须交出所有嫌犯，接受你的处置。桑结嘉措自然不会承认这事是他干的，但你几乎已断定这件事绝对与他脱不了干系，这一次，无论如何，你也不会善罢甘休！玛吉阿米被他杀了，洛桑喇嘛被他

赶走了，现在居然还要来杀仲科塔尔杰乃，既然如此，那就连你一起杀了吧！你向桑结嘉措正式摊牌，这件事必须找出凶手给你一个交代，而且必须保证今后不会再发生这样的事，否则你立即以神王的身份下令讨伐幕后的主谋，一经查出，格杀勿论！

这是你对桑结嘉措说出的最重的话。你已经受够了，再也不能任由他为所欲为，想干什么就干什么了！要么就连你一块杀了，要么就此收手再也不要企图干涉你任何事！仲科塔尔杰乃是你身边最为信赖的人，第巴怎能说想杀就要杀？这不仅是对你神王权势的挑衅，更是对你的藐视，现如今，你再也不是当初那个懵懂无知的傀儡至尊了，你不会再让桑结嘉措有机会伤害到你身边任何一个人，所以你打算借此事给第巴立威，要他和全西藏的子民都知道谁才是甘丹颇章政权的领袖，谁才是西藏说一不二的太阳！

你信赖仲科塔尔杰乃，这是人尽皆知的事情。你喜欢仲科塔尔杰乃，也是有目共睹的事实。尽管外界风传你和仲科塔尔杰乃之间存在苟且，但你自己知道这不是事实，你之所以信赖他，是因为他总是想你所想、思你所思，能够让你在紧张痛苦的时候彻底放松下来，更何况他还是当初写信向你告知玛吉阿米行踪的那个人。虽然玛吉阿米死了，但你依然感激仲科塔尔杰乃，感谢他为你所做的一切。别人都说他是拉藏汗送到你身边的奸细，可他们根本不知道你和他之间的渊源；别人都说是在他的挑唆怂恿下，你才变本加厉地做出各种逾矩的事来，可却枉顾你在认识他之前就已经是名震拉萨的世间最美的情郎这个铁的事实；至于他和桑结嘉措女儿拉珍的情事，你也觉得没什么错，情窦初开，男欢女爱，本是红尘世间最美好的事情，为什么偏要因为身份地位的不同分出个高低对错呢？

在你眼里，你最亲近的拉旺非但没有错，而且还有功。若不是他，你就不可能见到玛吉阿米最后一面，若不是他，你就不可能旁若无人地不断出入安置仁珍旺姆的府邸，若不是他，你就不会在痛苦的夹缝中找到这点点滴滴来之不易的快乐与满足。是的，你的拉旺虽然不是女人，却是你身边的一朵解语花，你需要他，这辈子都离不开他，所以你不仅要保护他，还要给他高官厚禄，甚至，你已经在运筹帷幄，打算在自己亲政后立即撤销桑结嘉措的第巴职位，让他，让这个被天下臣民骂作佞臣小人的拉旺来做你的第巴、西藏的藏王。

就在你为刺杀仲科塔尔杰乃的事愤愤不平之际，表面上已经答应你务必查出凶手的桑结嘉措却迟迟没有把嫌犯交出来。你知道，第巴根本就没打算交出任何人来，所以他一直都在敷衍你，可你这次却是铁了心要还之以颜色，既然他不肯给你一个交代，那你就亲自出马好了！二十一岁的你，已然不是第巴从前认识的那个小孩子了，你有自己的思想，也有自己的见地，你决定借助拉藏汗的力量找出所有的凶手，并很快付诸了实施。

参与策划暗杀仲科塔尔杰乃的五个人，没过多久就被逐一查出，你连招呼也懒得跟第巴打一声，就迅速把他这五个亲信心腹通通交给了拉藏汗，要他依法处置。

　　拉藏汗自然明白你的心意，本就恨透了桑结嘉措的他，自然不会放过这次打击政敌的机会，不管那五个人怎么求情，怎么请求免于死罪，还是以迅雷不及掩耳的速度把他们通通处死。在处置刺客主使的过程中，你始终不为所动，而你的雷厉风行也让整个西藏见识到了一个不一样的你，一个沉着坚毅、做事果敢的你，这和你的前世五世达赖喇嘛有着惊人的相似之处。桑结嘉措没想到你真的下令杀了他五个心腹，这让他不得不开始对你侧目而视，而通过这件事，拉藏鲁白也开始重新审视他和你的关系。原本，拉藏鲁白只是想利用你达到打击桑结嘉措和甘丹颇章政权的目的，可现在，他却发现你是个比桑结嘉措更加厉害的角色，为防止你日后干扰他统一整个西藏的大计，他决定趁你羽翼未丰的时候，就将你的翅膀从根部折断。

　　夹在第巴和汗王之间，你身边有着太多躲不掉避不开的明枪暗箭，而各方权势在西藏的逐鹿，更使你无端受到种种牵连。为了继续取得你的信任，拉藏汗依然装作非常理解你的样子，对你采取一贯的姑息纵容态度，并悄悄收买了你身边的仆从，每日都怂恿你在布达拉宫的后山射箭取乐，且源源不断地往你安置仁珍旺姆的府邸送去各种稀世珍宝、美酒佳肴。然而，这一切的一切，终不过都是假象罢了，目的都只是为了骗取你这个六世达赖喇嘛对他的绝对信任，可你依旧被蒙在鼓里，把拉藏汗视作最亲近的人，却不知道，背地里，终日与你酗酒作乐的拉藏鲁白早就向远在北京的康熙皇帝告密，诋毁你"耽于酒色，不守清规"，后来干脆直接指责你是"假达赖"，并将矛头指向你背后的第巴。

十地庄严住法王，誓言诃护有金刚。

神通大力智无敌，尽逐魔军去八荒。

住在十地界中的，与这个世界有着誓约的金刚护法啊，你们若有经书上记载的那些神通和威力的话，就请把我心里，这犹如大海波涛般澎湃的心魔，一滴不剩地驱逐走吧！世间种种的尔虞我诈已经折磨得你疲惫不堪，你再也不想继续留在这变幻莫测的滚滚红尘中，感受这万劫不复的痛苦了！是的，万劫不复！你是活佛，却活在魔鬼的国度里，这还不是一个莫大的讽刺吗？你谁也拯救不了，阿爸、阿妈、玛吉阿米、洛桑喇嘛，甚至是你自己。

公元1705年，康熙四十四年夏，内阁侍读学士建良奉命出使西藏，亲眼看见了拉藏汗与第巴桑结嘉措之间不可调和的矛盾，并以奏折的形式，向康熙皇帝对这一历史事件进行了详细奏报，其中有一句话说道："据言达赖喇嘛与第巴之女犯奸，跟随达赖喇嘛之男童拉旺亦犯奸……"而这个"据言",自然也是拉藏汗给他打的小报告!

你到底还是太年轻太单纯,毫无政治斗争的经验,根本就不是身经百战的拉藏汗的对手。你一直都以为你最大的对手,是成天管束你看不惯你的第巴桑结嘉措,却不知道真正的敌人,居然是每天都陪你酗酒欢歌、四处游乐的拉藏汗。其实,从你在布达拉宫坐床的第一天起,拉藏汗就已经开始了对你的攻讦,各种小报告被不断送到远在京师的康熙皇帝的案头,看来,他之所以接近你,从一开始便是处心积虑的。

对于拉藏汗送来的各种密告,康熙皇帝看了后虽然也疑窦丛生,但态度还是非常审慎的。据《仓央嘉措秘史》记载,你坐床之初,康熙皇帝就曾经派过一位相师进藏观察你的相貌举止。此人来到布达拉宫后,便请你赤身坐在宝座上,由他仔细观察体相,而最后得出的结论是:"这位大德是否为五世佛祖的转世,我固然不知,但作为圣者的体征,完备无缺。"说罢,顶礼膜拜,不久便返回京城去了。当时,康熙皇帝忙于处理和噶尔丹之间发生的边陲战事,暂时不想打破拉藏汗和第巴桑结嘉措之间的权力平衡,于是,他承认了你作为五世达赖喇嘛转世灵童的合法性,并派人进藏亲自授予了你印信、封文。但这一次,你似乎不再那么走运,随着第巴和拉藏汗之间的仇怨逐渐走到不可调和的地步,一直都处在夹缝之中的你避无可避,被迅速推上了风口浪尖。

第13卷　空　灵

曾虑多情损梵行，入山又恐别倾城。

世间安得双全法，不负如来不负卿。

　　花开了，花又落了，你站在满地狼藉的落红前，哭了又笑，笑了又哭。你是仓央嘉措，你是六世达赖喇嘛，你是甘丹颇章政权的精神领袖，你是西藏的神王，然而你也是傀儡，是第巴手中的提线木偶，是拉藏汗用来对付桑结嘉措的棋子。从进入布达拉宫的那一刻起，你便注定要在错误的路上一直走下去，直到走向生命的尽头，可你有什么办法，你只不过是一具必须的道具，你的心声你的所思所想，有谁在意，又有谁想领会？

　　你只是个与世无争的少年，你从不想卷入任何的纷争，你只想做一个无忧无虑、自由自在的人，为什么这并不奢侈的愿望要实现起来就那么难呢？你的师父五世班禅罗桑益西说你是西藏的希望,是格鲁派的希望,是所有信徒的希望,可你知道,你不是任何人任何势力任何教派的希望,事实上,你连自己的希望都不是,又怎么能够带给别人希望?希望,于你而言,是缥缈又空洞的,它到底意味着什么,你并不知道,也许,除了不断彰显出你积郁在心的深恸,它什么也意味不了。

因为处死第巴五个心腹亲信的事,桑结嘉措和拉藏汗的矛盾愈演愈烈,大有不可收拾之势,而你依然带着仲科塔尔杰乃一帮随从终日出没在拉萨市井中,压根就没把外面风传的关于你的越来越多的闲言碎语放在心里。要说就说要骂就骂要指责就指责吧!你知道,你不是一个好活佛,也永远做不了人们心中期许的那样一个活佛,你只是你,也只想做好你自己,可这又有什么错呢?为什么所有人都希望你成为五世达赖喇嘛那样英明神武的至尊,甚至都希望你坐在神王的宝座上继续扮演五世达赖喇嘛的角色?

虽然顶着阿旺罗桑嘉措转世灵童的头衔入主布达拉宫,但你并不是五世达赖喇嘛,不是吗?五世达赖喇嘛是五世达赖喇嘛,六世达赖喇嘛是六世达赖喇嘛,仓央嘉措并不是罗桑嘉措,这是铁一般的事实,为什么他们都要用五世达赖喇嘛的行为准则去要求你呢?即便你真是五世达赖喇嘛转世,轮回之后,你和阿旺罗桑嘉措也不再是同一个人,又如何能够要求你们有着相同的脾气秉性呢?是的,五世达赖喇嘛为西藏的和谐统一做出了巨大的贡献，付出了毕生的心血，可那都是他的理想，他的追求，而你的理想只是和自己的亲人永远幸福安康地厮守在一起，你的追求也只是普通人想要的安居乐业，难道就因为这些理想与追求不再辉煌不再远大，就都被酿成了不可饶恕的罪吗？

你很清楚，你并不是五世达赖喇嘛，也不可能做成五世达赖喇嘛。英明神武的阿旺罗桑嘉措，是几百年才能出一个的大英豪，平凡如你，又怎么可能接续他的衣钵？你压根就没有任何的政治抱负，你也不想治理江山统领百姓，你只想和阿妈、玛吉阿米守在一起，平平安安、快快乐乐、健健康康、无欲无求地度过平凡而又平静的一生，而那些权势纷争、尔虞我诈、钩心斗角、名闻利养，从来都不是你想染指的，又何必非要逼着你在不同的势力帮派中选边站队？第巴和桑结嘉措的矛盾已演变到渐趋白热化的程度，稍有不慎，随时都有崩盘的危险，尽管你并不希望面对他们的争斗，也不想因为他们不断升级的矛盾导致整个西藏的变乱，可手无寸铁的你又能拿什么来阻止他们？达赖喇嘛的至尊身份吗？谁都知道，住在布达拉宫高高在上的神王，只是第巴桑结嘉措布置的傀儡，只是一个好看不中用的花架子，既然你什么也管不了更无法干涉，那就放任你花天酒地、寻欢作乐好了！

尽管总是出没在花街柳巷，但你对玛吉阿米的思念却是与日俱增。她死了，变成了一面不会说话也不会

对着你笑的人皮鼓,可你却视那面鼓为唯一的精神寄托,
随时随地都带在身边,哪怕是在和仁珍旺姆把盏对饮时。
你的苦,你的痛,仁珍旺姆一一看在眼里,虽然从未有
幸见识到玛吉阿米的风姿,但她知道,玛吉阿米是仙子
般地存在,是包括自己在内所有女子都无法与之比拟的
绝世佳人,更是你的梦源你的精神图腾,而她则是你身
边一道可有可无的风景。仁珍旺姆不想成为第二个莫
啦,不想自己的后半辈子也和莫啦一样终日活在无边的
煎熬与追悔莫及中,于是,痛定思痛后她选择了离开,
趁你和仲科塔尔杰乃四处游荡时,带着莫啦一起离开了
那幢安置她们祖孙俩的豪华府邸。

　　　　山长水阔,温柔以待

　　　　沧海桑田,心心相印

　　　　踏夕,扯一尺春心

　　　　让它流浪在

　　　　梦外

　　　　你眼中的风景

　　　　不过是我耳边的故事罢了

　　　　花花世界

　　　　花花地路过

　　　　溜溜的冬日,把你的心

　　　　偷来

第
13
卷
空
灵

189

只为照亮你陌上归来的笑颜

当爱已成往事

执念是唯一的见证

而你的浪漫

并非我无所适从的追求

异乡有很多

但家只有一个

把爱打开

我们把春天种在了冬季

让心回归温暖

路过阳光，幸福在流淌

想说的话，风儿

在低低地诉

细水流弦，爱已芳草

我还碧连天

你以为仁珍旺姆祖孙的失踪势必与第巴有关，以为是第巴对你执意让拉藏汗处死他五个心腹亲信的打击报复，几乎是想也没想，便立刻带着人马赶往第巴府，要桑结嘉措把仁珍旺姆祖孙交出来。你当着所有人的面，几乎是怒不可遏地指责桑结嘉措是一个人面兽心的伪君子，并斥问他究竟有何居心，难道还要把仁珍旺姆变成第二面阿姐鼓吗？

相见何如不见时3：仓央嘉措，让我住进你心里

190

桑结嘉措对你的指控矢口否认。他正色盯着你，威而不怒地说，我尊贵的活佛，请您在发怒时不要忘了自己的身份，您可是六世达赖喇嘛，是甘丹颇章政权至高无上的至尊，无论何时何地，都不该暴跳如雷，失了分寸！

什么？都到这个时候了，他居然还有心思教训你？至尊至尊，他桑结嘉措什么时候把你当成过至尊，什么时候真正打心底里尊重过你这个神圣不可侵犯的活佛？没有！没有！从来没有！他若真心当你是西藏独一无二的领袖，就不会残忍地杀害玛吉阿米并把她制成一面阿姐鼓，就不会派人刺杀你最亲近的心腹仲科塔尔杰乃，就不会想要对仁珍旺姆祖孙俩痛下杀手！不，决不能再让这个男人的双手沾上你亲近的人的鲜血了，既然他不肯承认他做过的那些伤天害理的事，不肯交出仁珍旺姆祖孙俩，你唯一能做的，就是再次搬出拉藏汗，让他出面替你解决这桩事了！

虽然你知道，如果再让拉藏汗出面干涉桑结嘉措的事，会让拉萨甚至整个西藏陷入不可避免的动乱中，但为了你心爱的女人，即便内心充满悲悯与仁慈的情怀，你也管不了那么许多了，如果第巴非要仁珍旺姆死，那就让血流成河的拉萨城给仁珍旺姆陪葬吧！有了你泣血的请求，早就手痒痒了的拉藏汗自然是师出有名，然而这一次他绝不仅仅是只想杀杀桑结嘉措的威风，打击他日益嚣张的气焰，而是要将他一举拿下，并一鼓作气地端掉格鲁派建立的甘丹颇章政权。

每个人都有着与自己利益息息相关的打算。那个时候，你依然没有看穿拉藏鲁白的险恶用心，依然把他当成你的忘年之交，希望他能救你与仁珍旺姆于水深火热之中。你和仁珍旺姆的爱情，是拉藏汗亲眼见证过的，甚至你金屋藏娇安置仁珍旺姆的府邸都是拉藏汗送的，想必他一定不会置身事外，也一定会把仁珍旺姆祖孙俩从桑结嘉措手中救出来的。是的，你猜得没错，拉藏鲁白的确不会置身事外，但你也仅仅猜对了一半，因为拉藏鲁白正要找个合适的理由对第巴下手，并剪除格鲁派在西藏的所有势力，而这是你压根就看不破的。

很快，拉藏汗便以奉达赖喇嘛之命营救仁珍旺姆祖孙为借口，带着自己在拉萨的亲兵，以出其不意的速度迅速围攻了戒备森严的第巴府，但因为这次准备并不充分，围攻很快就被第巴府装备精良的护卫击退。事件发生后，桑结嘉措自然怒不可遏。他明白，拉藏汗此时跟他已经不是面和心不和，而是直接升级为军事对抗了。这个时候再跟拉藏鲁白讲道理还有什么用呢，明摆着他就是冲着自己手中的权力来的，到最后，拼的也只能是武力，于是，二话没说，立即纠集自己的兵力反攻汗王府，并迫使拉藏汗灰溜溜地退出了拉萨。

然而，拉藏汗并不甘心就此认输。一路退到藏北以后，不甘示弱的他，随即整顿了驻扎在达木（位于今西藏当雄县）的蒙古八旗兵丁，并迅速进攻拉萨，马上便爆发了一场可怕的军事冲突。此时，尚在拉萨城参加传昭大会的会众受到了惊扰，格鲁派僧侣更是担心两方打斗起来会贻害地方，一时间，整个拉萨城都闹得人心惶惶。这时候，拉藏汗的经师嘉木样协巴挺身而出，他认为拉藏汗和第巴之间肯定存在一些误区，并自告奋勇地要去劝说拉藏汗退兵，同时礼请桑结嘉措少安毋躁，千万不要轻启兵端，造成不可收拾的局面。误会？桑结嘉措暗自冷笑，他明白，嘉木样协巴此举只不过是要做做样子，不过，这种样子也是必然要做的。

听到师父前来调解的消息，拉藏汗陷入了沉思。他很清楚，兵贵神速，这个时候双方已经陷入胶着状态，若再僵持下去，民心肯定会背离自己，而继续动武胜算也并不是很大，如果再不接受格鲁派僧侣的调解，那显然是要得罪很多人的，而对于自己的师父，这个面子他也是不能不给的。但他心里也有着另外的盘算，他很清楚，桑结嘉措的第巴一职掌管着整个西藏的内务，如果可以通过这次机会逼迫桑结嘉措让位，并让蒙古人来担当这个职位，那么五世达赖喇嘛的势力便会在一夜之间土崩瓦解，他也就不用再费力费神地进行各种破坏了。于是，在笑脸招待了师父后，他便装作一副委屈的样子说：师父，第巴对我误会太深了，这都是他手下人挑拨的。我倒有个主意，第巴这些年劳苦功高，也该休息一下了，不如让他暂且休息一段时间，这样，那些手下人想要挑拨也无从下手了，到时候我们之间的误会也就自然消除了。

听到嘉木样协巴传回来的话，经历过无数风浪的桑结嘉措不禁微微一笑。他早就料到是这个结局，也早做好了安排——第巴这个位子我可以不坐，但也绝对不能落到蒙古人的手里。于是，他立即派人对拉藏汗说，汗王的好意，我实在感激，这些年我也确实劳累，早就想歇歇了。不过，汗王刚刚当政，对很多情况不甚了解，第巴这个职位只能由我儿子担任，他这些年襄助我，这副担子他是很熟悉的，除了他，没人能为汗王分担。

话说到这分上，拉藏汗自然是没话好说。说到底，政治斗争不是一锤子买卖，最忌讳的便是得陇望蜀，既然对方示弱了，咄咄逼人下去就是天怒人怨了。只要桑结嘉措这棵大树倒下去，那些小树早晚会七零八落，想到这里，拉藏汗很爽快地答应了他的要求，同意由其子阿旺仁钦接任新第巴的位置。从表面上看，形势对拉藏汗是十分有利的，他不仅胁迫第巴桑结嘉措退了位，还得到了与第巴共同掌管西藏政事的权力，但实际上，阿旺仁钦的背后还是桑结嘉措在做主，使得拉藏汗的阴谋没有能够得逞。

虽然拉藏汗这次的兵变没能成功，但也着实伤了桑结嘉措的元气。桑结嘉措通过这件事深深明白了一个道理，拥有多年政治斗争经验的自己都无法和心地歹毒的拉藏汗进行正面斗争，更何况是单纯善良、没有任何政治斗争经验的小活佛仓央嘉措呢？一想到这里，桑结

相见何如不见时3：仓央嘉措，让我住进你心里

嘉措便心乱如麻，恨不能立即除掉拉藏汗而后快，好为你日后的亲政之路打下坚实的基础，可你倒好，这次兵变非但没能让你长一点点记性，反而照旧把拉藏鲁白当成这世界上最好的人，这实在不得不让他对你寒透了心。

终于，桑结嘉措把你带到了拉萨城外的一个庄园里。在那里，你见到了一个和玛吉阿米长得一模一样的女子，可第巴却叹着气告诉你，这个女人叫作达娃卓玛，是从山南流落到拉萨的女子，他见她无依无靠，就收留了她并将她安置在这里。达娃卓玛？你瞪大眼睛盯着那个怎么看都与玛吉阿米并无二致的女子，禁不住心生纳闷，这世上怎么会有两个长得完全一模一样的人呢？掏出随身携带的那面阿姐鼓，泪流满面的你终于明白了所有的真相，也明白了第巴对你的良苦用心。原来，当初第巴之所以要在哲蚌寺演这么一场悲情戏，只是为了堵住悠悠众口，只是为了保住你的神王之位，只是为了让你的信徒坚信你只是暂时"迷失菩提"。处在那样的风口浪尖，必须有人站出来替你受过，才能平息大家对你日益加深的怨气与不满，而一个女人的牺牲更能激发信众的悲悯之心，不明真相的他们会在血淋淋的人皮鼓面前忘记你所有的不对，忘记你所有出格的行为，只记住你那张悲恸而又无辜的面庞，从而彻底原谅你并重新接受你。

你为什么要这么做？为什么？你痛哭涕零地望着眼前日益憔悴的桑结嘉措，悲恸万分地说，我还以为……

一直都以为……我……桑结嘉措伸出手抚摸着你早已
蓄起长发的脑袋，满面动容地说，你真的还只是个孩子，
想法永远都是那么简单又那么极端。你真把我当成杀人
不眨眼的魔鬼了吗？在你这个年纪，我也曾像你这样热
恋过一个女子，所以你的痛苦你的煎熬我都懂，也很理
解，可是孩子，你别忘了，你不是一个普通的人，你是
达赖喇嘛，你说的每一句话，都有无数双耳朵在听着，
你做的每一桩事，都有无数双眼睛在盯着，坐在这个位
置上，你已经不仅仅是你自己了，你明白吗？你点点头，
第巴说的每一句话你都明白，可你并不想做这个活佛，
你不想失去自由，更不想失去爱的权利，难道除了继续
坐在法王的宝座上，安然接受来自四面八方的信徒们对
你的顶礼膜拜，你真的别无选择了吗？

　　我知道，我知道你不想做这个活佛。可这是五世
达赖喇嘛的选择，是格鲁派的选择，是西藏的选择，是
历史的选择，也是佛祖的选择。既然你已经坐在神王的
位置上了，就应该以神王的身份多替西藏的未来想想，
不是吗？你长大了，不应该再使小孩子的性子了，眼下
西藏的局势你也都看到了，表面上歌舞升平，一派欣欣
向荣的景象，其实背地里却是波涛暗涌，由五世达赖喇
嘛倾尽一生心血才建立起的甘丹颇章政权，看上去稳如
磐石，实际上始终都处于风雨飘摇之中，拉藏鲁白和他
的蒙古势力，一直都想推翻格鲁派建立的政权，好取而
代之，我们随时都有可能面临出局的危机，而出局不仅

仅意味着你我的生死存亡，还意味着格鲁派和整个西藏的生死存亡，一旦让拉藏鲁白的阴谋得逞，西藏必将陷入无休止的动乱，到那时，藏族的姑娘恐怕人人都要变成一面人皮鼓了！

你懂，你懂，第巴说的每一句话你都懂。你几乎一下子就长大了，甚至惊异于自己居然也有这么睿智的时候。兵变的事已让你看清了拉藏汗的真实嘴脸，也明白了拉藏汗跟你结交的真实动机是另有所图，在以大局为重的第巴面前，你突然发现了自己的小来，并为自己曾经"迷失菩提"的行径深深懊悔，痛恨自己不该一直都那么不让第巴省心。你感激第巴为你所做的一切，感激他一直帮你妥善安置着玛吉阿米，感激他让你知道真相，可是仁珍旺姆呢？她们祖孙俩去了哪里？莫非是拉藏汗为了引起你和第巴的争端，故意把她们藏了起来？

你放心，仁珍旺姆和她的莫啦一切都很好。桑结嘉措告诉你，当仁珍旺姆祖孙俩离开府邸的时候，他派去监视她们的亲信就把这个消息告诉了他，为防不测，他也第一时间派出人马暗中保护着她们，现在她们应该还在前往日喀则的路上。你瞪大眼睛盯着第巴，心里充满了疑问与不解。仁珍旺姆为什么要走？她在拉萨城生活得好好的，每天都过着锦衣玉食的日子，为什么还要带着莫啦不辞而别？莫非，是自己还有什么做得不够好的吗？佛爷忘了仁珍旺姆是个女人吗？桑结嘉措望着你手中的人皮鼓苦笑着，有哪个女人希望自己心爱的男人心里永远挂怀的都是另外的女人呢？你的心突地咯噔了一下，是啊，你整天都守着这面人皮鼓，没日没夜的，就算仁珍旺姆再善解人意，也会有吃醋的时候。都说你是世间最美的情郎，其实你只是枉称风流，因为你根本从未真正懂得过女人，自幼和莫啦相依为命的仁珍旺姆，早就识透了世态炎凉，也知道男人大抵是靠不住的，所以你每天都在想着玛吉阿米，她又怎么能够心安？

你缓缓走向玛吉阿米，深情款款地看着她，低低唤着她的名字，泪水再次喷涌而出。你忘了，她不是玛吉阿米，她叫达娃卓玛。第巴怔怔盯着你，语重心长地说，玛吉阿米早就死在哲蚌寺了，她现在已经变成了你手里的阿姐鼓。说完，便蓦地转身离去，空荡荡的院落里只剩下你和那个叫作达娃卓玛的女人。达娃卓玛？你迅速丢开手里的人皮鼓，张开双臂，将眼前这个思念了无数个日日夜夜的女人紧紧拥入怀中。你还没死？玛吉阿米，不，达娃卓玛，谢天谢地，谢谢佛还让你活着，你吻着她的长发语无伦次地哽咽着，我以为再也见不到你了，我……玛吉阿米……我不是故意的，真的不是………我会带你回布达拉宫的，我再也不要离开你了！

佛爷，您忘了这世上再也没有玛吉阿米这个人了吗？她轻轻挣脱开你的怀抱，掉转过头望着被你扔在脚下的那面人皮鼓，第巴说得没错，玛吉阿米早就是一面阿姐鼓了，人死不能复生，还望佛爷节哀顺变，事事以苍生社稷为重。你紧紧握住她的手，嗫嚅着嘴唇，玛吉阿米，不，达娃卓玛，你知道我不能没有你的，就算死，我再也不要跟你分开了。你不并在意她是玛吉阿米还是达娃卓玛，你只知道她是你日夜想念的那个人，你已经失去过她两次了，这次，无论如何你也不会再放任她离去了。你忘了第巴跟你说的话了吗？你是西藏的神王，是西藏万千子民的希望，怎么能够为了一个女人轻易放弃自己的立场？现在，拉藏汗的狼子野心你也看到了，他迟早还是要跟第巴兵戎相见的，这个时候佛爷你怎么能够还想着自己？你不敢相信这番话是从你最最心爱的女子口中说出来的，如此睿智，如此理性，这还是你认识的那个什么也不知道什么也不懂的牧羊女吗？你怔怔盯着她，我……玛吉阿米……你知道的……我……

叫我达娃卓玛。她深深叹口气，玛吉阿米早就死了，死在雪顿节的哲蚌寺里。她变成了一面人皮鼓，这是世人皆知的事情，难道佛爷真要冒天下之大不韪，让你我都成为千夫所指的对象吗？玛吉阿米是为你死的，也是为西藏的和平牺牲的。所以，达娃卓玛求您，求您忘了玛吉阿米，永永远远地忘记，再也不要提起她的名字，也别再说什么要接我去布达拉宫的胡话。达娃卓玛只是一个山野村妇，她不能也不配进入布达拉宫，所以请佛爷立即断了这样的念头，不要再自欺欺人，伤人伤己。

玛吉……达娃……达娃卓玛……我……你当真不知道我对你的心意吗？是的，我曾经错过了你两次，

第13卷 空灵

199

可你知道我有多后悔有多难过吗？我并不想做什么活佛，也不想统治江山，我只想跟你在一起，去一个鸟语花香的地方，去一个没有人认识我们的地方，手牵着手，肩并着肩，从此，幸福快乐地度过一生，难道这些你都不明白吗？第巴可以不理解我，仁珍旺姆可以不理解我，可你，我的玛吉阿米，不，我的达娃卓玛，你应该比任何人都更理解我，不是吗？是，我现在知道了所有的真相，知道了西藏面临的困境，作为达赖喇嘛，我有义务留下来跟第巴并肩作战，共同粉碎拉藏汗的阴谋，可这并不代表我要离开你。达娃卓玛，你要知道，我是不会以失去你为代价，来巩固格鲁派的基业的，如果非要我在你和责任之间取舍，我唯一能做的选择就是你——这一次——我——无论如何也决不容许自己再次失去你了！

> 曾虑多情损梵行，入山又恐别倾城。
> 世间安得双全法，不负如来不负卿。

你告诉自己，这一回，就算天崩地裂，你也不能再把她给弄丢了。她是你的生命，是你的清欢，是你活下去的动力，如果她不在了，你也决不能独活，决不会再像从前那样只在痛苦中寻寻觅觅了。

那一天，你留在了那幢并不气派的庄园里；那一夜，你终于如愿以偿地拥着你最爱的女人进入梦乡。

尽管拉萨城里拉藏汗和第巴的军事对立才刚刚解除，人们的精神都还紧绷着，但你心里却是满溢着甜蜜与欢喜，玛吉阿米，我的玛吉阿米，你抬起头，借着酥油灯昏暗的灯火，轻轻吻着已然熟睡过去的玛吉阿米，脸上洒满阳光般暖暖的微笑。不管你是玛吉阿米，还是达娃卓玛，我都会爱你如初，一生一世，生生世世。

你发现有一滴晶莹的泪水，缓缓顺着玛吉阿米的眼角轻轻流淌了下来，那一瞬，你的心，满满漾起的，都是对她的怜惜与疼爱。活着就好，活着就好，你轻轻拉过她略显苍白的手，紧紧贴在你的脸上，心里突地感受到一种前所未有的放空。都过去了，一切的艰难困苦都过去了，一切的悲伤痛苦终将远行，天亮之后，迎接你们的必将是和煦的春风、明媚的阳光，而你，将要欢喜着许诺给她一份生生世世的暖。

你起身，含着两行热泪，在爱的纸笺上，小心翼翼地为她写下一首深情不悔的诗，字字句句，都流泻着静谧与空灵的美，而骨子里，却又深藏着无可奈何的冷艳与凄婉。失望和希望，幻灭与追求，都交织在你的心头，那个像丁香一样结着愁怨的姑娘又回到了你的身边，而你究竟又能给她些什么？格鲁派的甘丹颇章政权，在拉藏汗虎视眈眈的注视下摇摇欲坠，尽管已与她近在咫尺，但你仍然会莫名地感到害怕，害怕醒来后芳梦不再，在雨巷中默默徘徊的那个独行者，依然是披着满身迷惘情绪的你。

一句"世间安得双全法"，将人生中种种得与不得的苦楚，将尘世中种种无法握紧的爱与情问向苍天，问向世人；只可惜，问破一生心，问过三百年，都是令世人扼腕且无法回答的绝响。你不想辜负任何一个女子，无论是玛吉阿米，还是仁珍旺姆，可作为必须与清规戒律相伴一生的达赖喇嘛，你又无法保护她们一生的周全，给予她永恒的幸福，所以你终其一生，都处在二元对立的矛盾中，既无法打破，也无力打破。

思念是遥远的距离，尽管身在佛门，但你仍然感觉到，自己的生命里不只是一个人在独自行走，因为始终都有着她的相思在做伴。在黄昏的时候，总有许多想念涌上心头，尤其是一个人的时候更是特别多，当夜深人静的时候，记忆中不断闪现过的片段，今天把昨天的掩盖去，前天的便开始淡然，然后，周而复始。某一刻，忽然触动那根思念的心弦，不管前天还是昨天，甚至若干年前的，通通的，都飘浮在眼前，恍若隔世由此而来。

她是你今生今世在茫茫人海中遇见的第一个，也是唯一一个令你牵动心弦的人，为了她，无论快乐或是伤心，你都是心甘情愿的。可是，一个活佛，蓦地爱上一个尘世间的女子，这份爱，一经开始便是错上加错。僧人有僧人的戒律。在西藏，自松赞干布时起，僧人中便出现了规定修为的《十善经》，其中"十戒"中明确规定了：不杀、不盗、不淫、不两舌、不恶口、不妄言、不绮语、不贪、不嗔、不痴。这十条戒律，只要犯一条便要落入万劫不复的深渊中，而你动了凡心，爱上了那个女子，便将那个"不淫戒"彻彻底底地犯下了。

尘世的喧嚣，让沉浸在美梦中的你缓过神来，原来所有的相思都只是你的冲动。一切的美好都是那样遥不可及，甚至让你来不及仔细咀嚼回味，无情的现实便又迫不及待地把你带回了沧桑的世间。成为活佛，却是以埋葬爱情作为代价，这样的戒律，便是成佛成祖又能如何？你在挣扎，你想过放弃，想过把那个姑娘从脑海中彻底驱走。你逼着自己不去想她，不去眷恋，绝口不念她的名字。你努力着，你再不想一看到什么听到什么，就想起她的脸她的笑容她的背影她的言语。也许是对于回忆的约束太过严苛，思念都被贴上了禁止的标签，所以每当你突然想起她的时候，便会挣扎许久，想靠近记忆中的她看清她的脸，却又被心里的约束牵绊。

怎么办？你痛苦莫名，你犹豫彷徨。你求助于佛法，你在想她的时候念起大宝法王经文：尔时天魔候得其便。飞精附人口说经法。其人亦不觉知魔着。亦言自得无上涅槃。来彼求游善男子处。敷座说法自形无变。其听法者忽自见身坐宝莲华。全体化成紫金光聚。你闭目端坐，任经文倾泻于你柔润的唇。越念，心中越乱。爱与痛混在一起，分不出彼此，究竟是经乱，还是心乱？你索性睁开眼，转动起经轮。你知道，转经轮一圈，便抵得上念诵《大藏经》一次，你一遍遍转动经轮，也是在救赎自己的灵魂。

但是，但是，经轮飞转，经文被一遍遍转过，你却发现，自己在佛前苦苦哀求的，不是为了超度，却只为触摸她曾经抚过经轮的指尖。在那袅袅升起的轻烟之中，在那缥缈不绝的梵音之中，你慢慢瞪大眼睛，满眼都升腾起她的影子。就在那一刻，你的眼泪和一些叫作伤心、悲痛、忧郁、无奈的情绪一起诞生了。那是一串为爱而流的眼泪，是一串为爱而存在的生命。就在它们从你腮边滑落的刹那，你发现在不远处，有一簇小小的火焰，那是她浓烈得化不开的情。那火焰明亮而温暖，你被震撼了。那一刻，你知道，你的出生，便只是为了等她点燃情爱之火后见到她，并在那颗相思的泪珠散落之前爱上她。

你真的是爱了，无可救药地爱了。那向上蹿起的火苗如同张开的双臂，你不顾一切地扑向它。只要能靠近它，你不在乎毁灭。你知道，当"相思"与"热烈"纠缠在一起时，注定会演绎出最浪漫的故事。哪怕火焰灭了、泪珠散了，你和她的身躯也要紧密地融为一体；哪怕化作一缕轻烟，你和她也要拥抱着、缠绵着飘向遥远的天之涯、海之角。

那是怎样炽热而决绝的爱情啊？你无法言说。或许，那就是古人诗里用血泪铸就的"剪不断，理还乱"吧！

第14卷 莲 逝

跨鹤高飞意壮哉，云霄一羽雪皑皑。

此行莫恨天涯远，咫尺理塘归去来。

    你知道，第巴和拉藏汗迟早还会兵戎相见，也知道，甘丹颇章政权乃至整个西藏的安定，在双方持续敌对的态势下，随时都会面临土崩瓦解的后果。五个心腹亲信弟子被杀，桑结嘉措作为西藏的摄政，却只能眼睁睁地看着他们死去，这不能不让他引以为深恨，所以他一直都在等待一个可以除掉拉藏汗永绝后患的绝佳机会，可人算不如天算，就在这个节骨眼上，为了不拖累你不给你增加负担，玛吉阿米毅然决然地离开了你，而这简直让你濒临崩溃的边缘，也让桑结嘉措运筹帷幄了经年，自认为已万无一失并要用来对付拉藏汗的绝密计划瞬间破产。

你是为爱情而生的活佛，失去了爱情也就失去了一切，你发了疯似的奔跑在拉萨城内城外的每一个角落，发誓就算挖地百尺也要把玛吉阿米给挖出来。玛吉阿米，达娃卓玛，你怎么可以离我而去？不是说好了要陪我一生一世嘛，不是说再也舍不得让我为你流下哪怕是一滴的眼泪嘛，为什么许下的诺言还未被窗外的西风吹落，你就步了仁珍旺姆的后尘，也弃我于不顾？我已经答应你不逼你进布达拉宫了，也答应你不会再天天缠着你要你点头嫁为我妻，可你为什么还是不辞而别了呢？难道跟我在一起，跟我相爱，就这么让你为难吗？

是的，我是活佛，是一个不能成亲也不能拥有属于自己的孩子的活佛，可那些清规戒律对我来说根本没有丝毫用处，只要你愿意，我立马就会脱去僧袍娶你为妻，带你回错那，带你回达旺，从此，只与星月做伴，只与花草相依，为什么你非要成全我去做一个真正的活佛呢？就算没有你，我也不可能做成一个清心寡欲的活佛，也不可能甘心接受命运对我的安排，即使没有拉藏汗对甘丹颇章政权的觊觎，我迟早也是要离开拉萨离开布达拉宫的神王宝座的，为什么你就不肯成全我这一颗只想为人夫为人父的心呢？

你不能理解玛吉阿米执意离去的苦衷，你早就说过，如果非要你在爱情和活佛之间选择，你必然会选择爱情，难道她以为你只是说着玩玩的？不，玛吉阿米，失去了你，我也决不会再做什么活佛，那些陈词滥调的清规戒律，就让它们通通见鬼去吧！你不是活佛，你只是你，一个为爱而生也只愿为爱而死的人，所以，你要让她为她离去的决定后悔，你要让她知道，除了爱情，你什么都不要，也要不起，于是，你彻底放弃了一切以大局为重的念头，不再考虑什么格鲁派的前途，也不再考虑什么西藏的未来，从现在开始，你只对你自己负责，只对你心爱的女人负责，只对你的爱情负责，其他的，你通通不想管也无力去管！

对不起，第巴，我又让您失望了。如果格鲁派和西藏终究要葬送在我的手里，那您就尽管责罚我教训我打骂我好了！是的，都是我不好，我不该来到这个世上，不该爱上任何女子，不该总是对自由心生向往，不该总是沉迷在爱情里无法自拔，可这有什么办法，我就是这么一个人，是一个彻头彻尾的只关注自己心情的人，而这样的人，又如何能做好您所期待的那样一个活佛呢？

我自私，我心里想的永远都只有自己，还有那些令我心动的女人，而活佛却应该是大公无私，心里永远都装着江山社稷和那些信仰他爱戴他的千千万万的信徒的，所以我压根就没有成为活佛的潜质，更不可能成为拯救西藏、拯救天下的神王。自打踏入布达拉宫坐上神王法座的那一刻起，我就知道，我做不了这个活佛，也不可能做好，可你们都在逼我，逼我抛弃自己，逼我去做五世达赖喇嘛的化身，但你们却始终都忽略了一点，那就是我根本不是五世达赖喇嘛，我跟他完全是风马牛不相及的两类人，又怎么能指望一个生性放浪的我做成他那样不出世的大英豪？

也许，从一开始，我们就都错了。您错在不该认定我就是英明神武的五世达赖喇嘛的转世灵童，而我错在生不逢时。当然，能够被您和格鲁派僧团认定是五世达赖喇嘛的转世是我的荣耀，也是我整个家族的荣耀，所以，对于您和整个格鲁派，我始终都保持着一颗敬畏和感激的心，但是，敬畏和感激并不代表我认同你们的想法，也不代表我愿意继续坐在法王的宝座上，当这个我从来都不想当的活佛。

是的，第巴，您知道的，我从来都不想当什么活佛，坐在达赖喇嘛的位置上，我没有一天是快乐的，所以请您高抬贵手放过我，也放过我这颗向往自由、渴望爱情的心吧！至于格鲁派和拉藏汗的明争暗斗，我想，即使我仍然坐在这个位置上，也不能改变什么，一个一无是处、毫无斗争经验的我，又有什么能力阻止历史的进程？该来的终归要来，您和拉藏汗的恩怨，势必要通过一场激烈的战斗才能分出胜负，如果您非要我继续坐在神王的位置上给予教徒们信心，我也决不会在您最需要我的时候离开，但您必须弄明白的一点是，虽然依旧会穿着僧袍，坐在法床上接受信徒的顶礼膜拜，可我依然还只是我，一个向往自由、渴望爱情的我，所以您不能指望我做得更多，也不能再用任何的清规戒律牵绊住我的脚步，不能阻挡我只想做自己的决心。

你又重新出现在拉萨城最繁华的地带，重新出现在八廓街的各家酒肆里，依然我行我素，日夜穿梭于花街柳巷，倚红偎翠。这一次，你没有再用"宕桑汪波"的名字出没于拉萨市井，所有人都知道你就是那个早已蓄起长发不守清规的达赖喇嘛，但他们似乎并不讨厌这样的活佛，依然望着你大声地笑，尽情地欢呼，高喊着你就是那世间最美的情郎。你喜欢被人们称作"世间最美的情郎"，很快，你便又在拉萨街头遇见了这辈子最后一个令你心仪的女子——于琼卓嘎。她有着玛吉阿米的娇俏可爱，又有着仁珍旺姆的温婉沉静，只一眼，你便喜欢上了她，无可救药的。她不是什么牧羊女，也不是什么酒家女，她有着高贵的血统，是来自拉萨贵族的千金小姐，然而无论她是怎样的身份，都无法阻止你对她狂热的爱——你带着仲科塔尔杰乃一帮随从，没日没夜地守候在她的家门前——终于，也对你暗慕在心的姑娘冲破了重重压力，打开了紧闭的大门，投进了你迫不及待张开的怀抱。

> 听说，春天的梦会
> 开花
> 把名字写在你的心上
> 舀一瓢水
> 洗亮太阳的眼睛

我要做你胸口的那粒朱砂痣

陪你一起去追风

有着苍鹰的雄心壮志

有着雪莲的高远圣洁

有着月光的妩媚清新

有着丝绸的婉约轻柔

有着灯火的温暖光明

人们都说我在诱惑着

这个世界

其实，是他们从不曾读懂过我的心

我不想做一株

绚烂到极致的罂粟

迷幻这

孤独的人间

我只想成为你门前溪畔的

那朵水仙

也许清淡，也许寡味

却要用心默默守候你的一生一世

哪怕只有流水与我做伴永远

心随云动

爱你就是永不放弃

两个梦，一颗心

我不是罂粟

我是你的水仙

　　你带着于琼卓嘎私奔了，你把她安置在当初安置仁珍旺姆祖孙俩的那幢府邸里，终日饮酒高歌，好不惬意。你的行为很快就惹恼了于琼卓嘎的家族，他们视于琼卓嘎对家族的背弃为天大的耻辱，甚至带着家丁包围了你和她的爱巢，尽管于琼卓嘎放言为了爱情可以牺牲一切，哪怕是与生俱来的贵族身份带给她的所有尊荣，但他们似乎并没有善罢甘休的打算。

　　于琼卓嘎的家族并不像当初的仲麦巴家族那么开放，也不会以家族女性得以侍奉神王为整个家族的荣耀，相反，他们引以为耻，并深恶痛绝。你——仓央嘉措——一个乳臭未干又劣迹斑斑的傀儡活佛，怎么能和英明神武的五世达赖喇嘛阿旺罗桑嘉措相提并论？如果阿旺罗桑嘉措是稀世罕有的珍宝，那么你充其量也就是一棵歪脖子树，他们怎么能让自己高贵的女儿吊死在你这棵歪脖子树上呢？无论如何，他们都不会纵容于琼卓嘎和你的私奔行为，甚至放出话，就算整个家族都被置于布达拉宫的铁蹄下，就算战斗至死，流光流尽最后一滴血液，也决不会退缩。

　　你没有想到，因为爱情，你遭遇到了真正的危机。你说什么也舍不得放于琼卓嘎回去，而已经视你为这一生永恒的精神寄托的姑娘也发下毒誓，就算被五马分尸被制成一面阿姐鼓，也决不会屈服于整个家族的淫威。这就是爱情，你懂，她也懂，可你们不懂的是，这份爱已经波及整个格鲁派和西藏的生死存亡，再这么僵持下去，拉萨必然会成为血流成河的沙场，而那个一直都想颠覆甘丹颇章政权的拉藏汗又岂会袖手旁观？事实上，于琼卓嘎的家族之所以敢与你发生正面冲突且有恃无恐，就是因为在背后得到了拉萨汗的支持与唆使。这一切，格鲁派的高级僧侣都看得非常明白，已经退位的第巴桑结嘉措也看得非常透彻，本来，他已经拟定好了对付拉藏汗的所有计划，只要按部就班地实施，就可以一劳永逸地除掉拉藏鲁白这个祸害，但他没想到玛吉阿米会为了成全仓央嘉措的活佛之路不辞而别，也没想到在玛吉阿米、仁珍旺姆之后又会出现一个于琼卓嘎，而更没想到的是，这个于琼卓嘎的出现，竟然在瞬间便打乱了他所有针对拉藏鲁白的计划！

因为于琼卓嘎，拉萨城乃至整个西藏都陷入了前所未有的动乱中，城里的人，能逃的都逃了，跑不掉的也都家家紧闭门户，昔日繁华喧嚣的八廓街一夜之间便变得萧条荒寂。这时候，桑结嘉措再也坐不住了，他知道先前拟定好用来对付拉藏汗的计划是没法完善地实施了，所以当务之急，是必须做些什么让拉藏鲁白知难而退才行。自阿旺仁钦接任第巴之位后，退了位的桑结嘉措一直都在暗中密切注视着野心日渐膨胀的拉藏汗，

相见何如不见时3：仓央嘉措，让我住进你心里

看到那位蒙古汗王为了一己之私，一意孤行地将西藏搞得民怨四起，又在背后挑唆于琼卓嘎的家族发动叛乱，他决定立即采取行动，进行最后一搏。

再不搏，自己培养安置的部下都要失去势力了；再不搏，拉藏汗的实力就更难以撼动了；再不搏，仓央嘉措就要亲政了，可是，他哪里斗得过拉藏汗啊？若再迟疑，等自己丧失了全部势力，局面将更难以控制，到那时，仓央嘉措便会真正成为别人手里操纵的傀儡，格鲁派的江山也会就此拱手让人！不，他绝不能让拉藏汗的野心得逞，更不能让五世达赖喇嘛建立的功业毁在自己手里，那么，到底该如何做才能万无一失？他想到了一个绝妙的计策，那便是效仿拉藏汗毒死旺札勒汗那样，将他毒死于无色无形之中。

公元 1704 年夏，桑结嘉措买通了拉藏汗身边的内侍，让他往拉藏汗的食物中下毒。然而，智者千虑，必有一失，就在他以为即将大功告成之际，投毒的事却意外败露了。这一下，不但没能除掉狡猾的政治敌手，反而让对方抓住了把柄，桑结嘉措所面临的局势也就可想而知了。

或许，是上天还要留着拉藏汗，继续上演他人生中未尽的戏码，尽管已经吃下了桑结嘉措派人投毒的食物并顺理成章地中了毒，但他并没有死，而是立马便被家人送到哲蚌寺住持，被人们尊称为"嘉木样协巴多杰"的格鲁派高僧大德阿旺宗哲活佛那里。阿旺宗哲活佛是拉藏汗的经师，自然对其多有袒护，便这样，经过阿旺宗哲的细心治疗，拉藏汗的身体逐渐得到好转，并离开拉萨移居至北面的达木，一边疗养，一边暗中练兵伺机报复。

很快，拉藏汗便调动军队攻入拉萨，扬言要一举铲平桑结嘉措和他掌控的势力。桑结嘉措只好匆匆应战，无奈手中兵力实在不多，只能暗暗叫苦。这时，嘉木样协巴多杰又带领格鲁派的高僧们出面调解来了。经过上一次的调解，桑结嘉措和拉藏汗心里都非常地清楚，所谓的调解，只不过是做做样子而已，谁能真把对方说的话当真呢？再说，就算真调停了，也不过是暂时的，解决这事儿的唯一办法就是武力对抗。

不过，格鲁派高僧们的面子，谁也不能不给。就这样，双方最终达成了协议，各自让步，桑结嘉措答应离开拉萨，反正早就不是第巴了，干脆移居到山南的庄园休养，但拉萨也决不能落到拉藏汗手里，拉藏鲁白也必须离开，回到和硕特蒙古的大本营青海去。眼看着双方人马都各自启程了，格鲁派的高僧们才长长地出了一口气，可他们想不到的是，一边是在政治舞台上摸爬滚打过来的主儿，一边是心狠手辣、手握重兵的家伙，谁能把这种协议当回事儿？

桑结嘉措之所以接受调停，只不过因为匆忙之间手里军队不够，要是拥有的绝对优势，他早就开仗了。而拉藏汗则是假意退兵，一方面，是顾及拉萨是桑结嘉措经营多年的地盘，动起手来胜负难料，另一方面，他也担心手里的兵力不足，要是有必胜的把握，他才不想放虎归山。从表面上看，双方似乎都遵照协议离开了拉萨，离开了权力中心，其实在背地里，却都开始了调兵遣将的动作，眼看着一场白热化的生死搏斗是再也没法避免的了。而你，仓央嘉措，自然不喜欢打仗，可你亦深深明白，这一回，桑结嘉措和拉藏汗都不会善罢甘休的，只是，这场战争究竟会鹿死谁手呢？你当然不希望桑结嘉措失败，不管怎么说，桑结嘉措在你眼里仍是神圣而高大的，更是你心里钦佩的大英雄之一。

　　你没想到的是，在拉萨已经处于水深火热的局势下，远在山南的桑结嘉措居然下令在布达拉宫后的积水潭边因地制宜，修建一座华美的湖泊园林，以便于你能够在宫内随时自由取乐，并默许你可以把心仪的女人带到这座园子里来，但唯一的交换条件便是，你不可以再私自出宫，哪怕一次也不行。西藏的天就要塌下来了，桑结嘉措居然还有心情为你营造园林，他心里到底是怎么想的？

　　不断有人跑到山南，跑到他面前，报告有关你离经叛道的行迹，可面对你这么个顽劣的大孩子，他又能怎么做呢？是继续幽禁你，还是慢慢引导你？不，这两种方法都不行，你已经是个成年人了，他有什么资格将一个有行为能力的活佛软禁在布达拉宫？至于引导你，他也已经用了无数的方法，可每每都是收效甚微，而且他也实在没有那个时间可以继续等待了啊！桑结嘉措很清楚，已经退出拉萨的拉藏汗，正瞪大眼睛时时刻刻盯着布达拉宫呢，这时候格鲁派若稍有风吹草动，势必成为对方攻击的借口，而最有可能成为攻击对象的便是你仓央嘉措。

一个本应恪守清规的活佛，却终日游荡在拉萨市井，还和一帮轻佻的女子打得火热，若是被拉藏汗作为口实，再加油添醋地传到远在北京的大清皇帝耳里，还能了得？不行！绝对不能再这样眼睁睁看着你任意胡为下去了！可怎样才能让你彻底收心，不再出没于市井之中？桑结嘉措思忖良久，终于想到了一个可以两全其美的方法。既然你要玩，那就让你玩吧！既然你喜欢女人，那就给你女人！只要你在格鲁派生死存亡之际别再给他添乱子就行了！

那座新建的园林就是龙王潭。在你眼里，龙王潭自是美不胜收，亭台楼阁一座连着一座，像是美丽的仙子随手撒落的诗意，又像一个个从远古里悠然走来的精灵，俯首举目间，到处都是大好风光，连角角落落里的花草树木，还有随意点缀的假山与哈达，都让你误以为是落入凡尘的画笔才能画出来的。置身龙王潭中，凝眸处，澄澈明净的天幕被静水流深的岁月缓缓打开，一泓清幽的潭水也缓缓苏醒在暖暖的熏风里，而那一缕携着花香的风，便于你心底盘旋萦绕，只一瞬，便从你蹙起的眉间绽出一朵清丽出尘的莲花。

面对这样的良辰美景，你竟欢喜得神采飞扬，却又不知道该如何表达这份暖意，只能枕着一帘幽梦，轻轻浅浅地想着那些与你失之交臂的女子，此时此刻，如果她们能守在你玉树临风的影边，看潭水轻流，看花开四季，听残荷落雨，听杜鹃浅唱，该是何等的惊艳，何等的心旷神怡！只是，玛吉阿米去了，仁珍旺姆不在了，而今的而今，纵有于琼卓嘎温柔入怀，亦只能守着一怀孤寂，看一段如烟往事，听一曲长相厮守，然，紧紧攥在手中的，却还是一份冰冷的苍白。

夜凉如水，月色如梦。更鼓已经敲过了三巡，而你，却依旧守在旧了的案前，为那些爱过的女子执笔写情，任那颗苍白的心，随窗下起伏不定的清浅岁月，在纸笺上编织成一段段或欢喜，或唏嘘的青词。

潸然泪下时，轻轻，吟唱起那些女子往昔在你耳畔唱起的歌谣。你知道，那是一首织着五彩梦幻的情歌，缥缈婉转的歌声里，字字句句都倾注了她们对你隽永的爱与情意绵绵，可为什么，这首听了那么多次那么久的歌，从你嘴里唱出来却变了味失了色？难道，是自己不够珍爱她们，还是自己不能体会她们当时的心境？

再回首，悄然吹响那一管缠绵悱恻的竹笛，听那曼妙素雅的曲调，依然如从前那般干净剔透、清澈纯然、空灵玄妙，心，不禁微微地感伤，却又微微地惊喜。那清丽灵动的曲子，每一个音调都泄露着一个秘密，吹起，是她们温婉如花的笑靥，再吹起，是她们窈窕轻倩的身影，还有她们低低的呢喃和细细的叮咛。

她们便是以这样的方式回归你的有情世界来了吗？倾耳，聆听，你似乎可以听到她们烂漫的笑声以及香汗淋漓的娇喘声，而那些或天真或温柔的声音，亦已糅合在你一曲天籁般的笛音里，起起，伏伏，轻轻，缓缓，由唇边传递至你的指间，又由你的指尖传递至你的心房，每一个音阶，每一个音色，都令你感到如沐春风般的温暖。

你知道，甜美的想象，总是可以抚慰那颗早已被这无情的世界伤得千疮百孔的心，即使明知故事已经画上了句号，你还是相信，只要心里爱意不变，就一定会等到她们回来陪你一起静看细水长流的那一天。幸好，你身边还有于琼卓嘎，尽管她的到来给整个西藏带来了不幸，让桑结嘉措不得不离开拉萨退居山南，但你依然爱她若珍宝，爱得如胶似漆，你和她，已经到了寸步不离的地步。

龙王潭每日每夜都在上演颠鸾倒凤的欢喜故事，而与之形成鲜明对比的，就是早已危如累石、摇摇欲坠的拉萨城。为了除掉危及格鲁派存亡的蒙古势力，公元1705 年正月，桑结嘉措突然假托你的命令，率兵攻打拉藏汗，试图以出其不意的速度，将拉藏汗和他的势力彻底赶出西藏。毫无准备的拉藏汗吃了败仗，无力抵抗的他一路逃到了喀喇乌苏（今西藏那曲河），但稍事喘息后，便很快集合了在达木八旗驻扎的蒙古大军，化被

相见何如不见时 3：仓央嘉措，让我住进你心里

动为主动，突地杀了个回马枪，打了桑结嘉措一个措手不及。

　　从正月一直持续到七月中旬，桑结嘉措率领的藏兵和拉藏鲁白率领的蒙古军队一直在拉萨附近交战，却又始终分不出个胜负来。而这段时间里，一直都和于琼卓嘎在龙王潭深居简出的你，却不得不关注起布达拉宫外的战事。虽然你不喜欢战争，也从不认同自己活佛的身份，但你毕竟还是坐在神王宝座上的达赖喇嘛，对于桑结嘉措和拉藏汗的这场旷日持久的交战，你无法超脱事外，可你又能做些什么？你什么也做不了，更改变不了任何的局势，所以你唯一能做的便是祈祷，祈祷佛祖保佑桑结嘉措，保佑西藏。

　　然而，你最终等来的却是桑结嘉措落败的消息。在与拉藏汗的战争持续进行了数月后，桑结嘉措终因实力不济，兵败如山倒，在拉萨北面的堆龙德庆被拉藏汗的王妃才旺甲茂生擒。七月十五日，桑结嘉措在朗孜村被斩首，时年五十二岁。听说，是才旺甲茂亲自监刑，而那个女人据说便是桑结嘉措曾经在你面前提起过的、那个最最心爱却又不得不放弃的女子。

　　你不知道，桑结嘉措和才旺甲茂之间有着怎样的爱恨情仇。你只知道，你和拉萨三大寺的堪布集体为桑结嘉措向拉藏汗求情，却遭到了断然拒绝，而那个叫作才旺甲茂的女人更是不肯给桑结嘉措任何存活的机会。问世间情为何物？直教生死相许！或许，是第巴深深负过那个女人，要不然，她怎会恨他到那般刻骨铭心、咬牙切齿？

不过，人已经死了，去想那些问题又有什么用处？站在古老的朗孜村口，对着那仓促间新垒起的坟堆，你任悲痛浇灌着遍体的忧伤。父亲一样慈祥而威严的桑结嘉措，就是在这里被拉藏汗推上了行刑台，直到这时，你才彻底明白桑结嘉措对你的良苦用心，可这未免来得太晚了些，任其再怎么痛哭涕零，也换不回第巴凌厉中却透着关爱的眼神。

别了，第巴，别了，父亲一样的桑结嘉措，你痛心疾首地扑倒在了那被血色染遍的土丘之前。桑结嘉措死了，西藏的政教大权通通落到了拉藏汗手里，他终于如愿以偿地被远在京师的康熙皇帝封为"翊法恭顺汗"，而此时的你，六世达赖喇嘛仓央嘉措早就成了一颗无用的弃子，再也没有什么可以牵制得了他拉藏鲁白的了。

除掉桑结嘉措后，拉藏汗决定一不做二不休，把你和格鲁派政权连根拔起，于是，他果断地向康熙皇帝上奏，揭发你是不守清规的假达赖，要康熙皇帝对你进行处置。公元 1706 年 5 月 17 日，你——二十四岁的仓央嘉措、六世达赖喇嘛被蒙古人强行赶出布达拉宫，作为罪人押解北上，即日启程前往北京领罪。此时的你早已看破生死，自己最心爱的玛吉拉米已经离开了，父亲一样的桑结嘉措已经离去了，现在就连一直陪伴着你的于琼卓嘎也被他们当着你的面抢走了，也确实是你这个傀儡神王该离开的时候了！

跨鹤高飞意壮哉，云霄一羽雪皑皑。

此行莫恨天涯远，咫尺理塘归去来。

"天上飞翔的仙鹤啊，请借我一双洁白的翅膀哟，只要能飞去那并不遥远的东方，看一眼那美丽的理塘，可好？"

他们都说你病死在了北上途中的青海湖边，像莲花一样，盛放过后便即消逝，所有的芬芳都搁浅在人们不断追寻不断探索的记忆里，而我却坚信你压根就没有死的传说，你只是把最后的希望与沉淀在心底的美好都遗落在了美丽的青海湖畔，不是吗？

三百年前，在芳草尚未钻破土层、透出嫩芽的季节，唯有长风携着万千寂寞呼啸而过的青海湖畔，孤独的你举目四望，看白鹤双双飞过头顶，又想起那个远在异乡的她。被带出布达拉宫的时候，你意外见到了仲科塔尔杰乃带来与你见上最后一面的洛桑喇嘛，洛桑喇嘛告诉你，玛吉阿米离开你后便去了东方的理塘。你从未去过那个地方，但因为她的缘故，这一路上，你始终惦念着那个并不熟悉的地名。理塘，理塘，而今的她在理塘过得还好吗？她还像从前那样，喜欢枕着你为她写下的情诗，缓缓进入甜蜜的梦乡吗？

如果她知道，而今的你被放逐在天涯，又会是如何的伤心欲绝、茶饭不思？只是，那时那刻，并没有人了解你的忧伤，唯有一轮染着忧伤的寒月，在青海湖亘古不变的上空，温柔地舔舐着你寂寞的心、纠结的眉。或许，这便是开天辟地以来所有古老爱情的缩影，当什么都没了时，盘旋在你身边的，却还有一曲古老的旋律，空旷而幽远，在同样寂寞的银河中，流淌出永恒的忧伤与惆怅。

缓缓，仰起头，凝望着苍茫远方，你看到，冈仁波齐峰上下起了大雪，纯净而剔透，那一片片纵横的白色花瓣，仿佛不是雪花，片片都是你无望的思念。一瞬间，我似乎读懂了你过往的哀伤与疼痛，读出了那些流淌在诗歌里的寂寞与惆怅。你无法选择，只能将思念化为文字，以转经轮为笔，用爱情在冰上，一笔一笔，蘸着泪水，和着鲜血，书写成绝美的诗歌，然而，那雪地上触目惊心的笔触，点点滴滴，究竟是空灵不羁的诗句，还是你满腔淋漓的鲜血？

理塘，那是你生命中最后的绝唱，亦是你心心系念的相思之地。你心爱的姑娘仍守在那里等你盼你，而你却只能任由这两个字久久萦绕在脑海里，除却相思，唯有祈祷。那座城，你从没去过，可你知道，那里是世界第一高城，那里有你戴着巴珠穿着藏袍的美丽姑娘，她的智慧，她的风度，她的雅致，都在你之上。

她叫玛吉阿米，初见时，她从圣洁的雪域轻轻走来，身披一袭白色的长袍，转身后，她又从你缠绵似水的诗行中缓缓走过，手攥一部永远不朽的情经。记忆里，她总是走在蓝天与白云之下，走在白度母与邻家女孩之间；记忆里，她总是用婉转悠扬的嗓音刺穿苍穹，任阳光、雨露在你眼前瞬间倾泻高原；记忆里，她的歌声总是会引领草原的精灵——牦牛、藏羚羊、黑颈鹤、狐狸、藏獒，遍地撒欢。

她柔情似水的目光，绚烂了喜马拉雅山；她窈窕轻倩的身影，冶艳了珠穆朗玛峰；她柔美真挚的笑靥，妩媚了雅鲁藏布江。她一切的一切，都给了你漫山遍野的春意，然，她温婉伤情的泪水，却又剔透了你那颗玲珑易感的心。该如何？该如何，才能重回她温暖的怀抱？该如何，才能再与她花前月下把盏共欢，永不分离？

那一夜，风清月朗，却注定染着刻骨相思的你难以入眠，入眠了的唯有你苍白失了暖意的语言。你甚至不敢靠近梦中的她，生怕一不小心，便让如今囚禁了的身污染了她的圣洁，打破了她的宁静，可，你还是心有不甘，还是渴望站在那座叫作理塘的高城，去仰望洁白的苍穹，去俯视她所有所有的明媚，甚至为了那份痴守的爱，忘了你自己是谁。

你是谁？今夜，我藏在繁华而又冷寂的帘后，数着满天的寥落，看春花璀璨，看你灯火里烙着淡淡忧愁的脸，看重重心事爬上你的眉、你的额、你的鬓，看她用无尽的芬芳洒在你身上的情和意，竟不知，今夕是何夕！天，还是那么蓝；情，还是那样深。只是，这一番月色掩映下的入骨相思，可否还能，任你携着她的手，到海枯，到石烂？

久久，沉陷在你和她的故事里不能自拔。一个转身，在你模糊的泪痕里，我终于读懂了你的身份。你是喇嘛，是活佛；你是情人，是浪子；你是仓央嘉措，是第六世达赖喇嘛，亦是史上最放浪不羁的一位喇嘛。

第 15 卷 烙 印

结尽同心缔尽缘，此生虽短意缠绵。

与卿再世相逢日，玉树临风一少年。

下雪了，心思浸在雪花里，洁白无瑕，而你的故事，你的情诗，你的泪水，落在柳枝上，依然同三百年前一样，有一种触目惊心的美。相思早就在叹息声声后结成了棉白的云，而等待却化作了沧海桑田两两相望却又两两相忘的劫，你不知道这条属于情爱的路到底还要往哪里走，索性闭上眼睛，任由落花的声音，牵引你在这荒芜的岔路口，走向未知的未知。

你甚至不知道你想要些什么，张开双手，你握不住那缕呼啸的风，只能在盛大的回忆里且行且珍惜，然而，心底却始终有个声音，在不断地提醒你必须逃离，你禁不住打一个冷战，这漫天飞雪的荒原里，究竟又该逃向何方？逃得了吗？不，自从在佛前点亮第一盏酥油灯，你就没能逃得出如来佛祖的手掌心，你像孙悟空一样，筋斗云翻了一个又一个，却还是在原地打转，连佛祖指间拈的那朵花，你也未曾染指。

终于，你明白一切都是注定。被选定为五世达赖喇嘛的转世灵童，被带到拉萨坐床正式成为第六世达赖喇嘛，被情缘牵引着流浪在八廓街街头，被拉藏汗逐出布达拉宫，一切的一切，都是你此生必须遭遇的经历，你无可回避，也无力回避。原来，老天爷才是人生脚本的编剧，而你，仓央嘉措，尽管贵为西藏最令人崇敬景仰的大活佛，也逃不出只是一个戏子的命运，你此生经历的所有悲欢离合、痛苦与煎熬，亦不过是在按照剧本早就设定好的剧情，一幕幕地演出来罢了，可如果只是演戏，你为何却痛得如此真实，如此撕心裂肺？

或许，你的痛苦，你的煎熬，你的悲伤，你的惆怅，都只缘于你入戏太深。人生如戏戏如梦，既然只是一出戏，你又何必太过认真太过纠结？真的就只是一出戏吗？默默踟蹰在冰天雪地的青海湖边，抬头望望，你目光所能触及的，唯有那片你永远都搞不懂的苍白与空洞，哪怕你用虔诚焐热心底的冷，在厚厚的积雪上，一笔一画，铿锵有力地写下最神奇的六字真言，也无法洞悉心里想要知道的那个答案。

如果人生真是一出戏，你也希望永远都不要有落幕的时候，因为戏里有疼爱你的阿爸阿妈，有对你寄予殷殷期盼的第巴，有用爱情明媚绚烂了你前半生的玛吉阿米、仁珍旺姆、于琼卓嘎，还有对你忠贞不二的洛桑喇嘛，和带给你无数欢声笑语的仲科塔尔杰乃。你喜欢他们，你不愿看着他们一个个离你而去，所以你匍匐在雪地上长跪不起，再一次祈求佛祖，求他永远都不要为你拉上人生的布幔，因为你还想继续演下去，继续和那些你在意的人在舞台上声情并茂地演下去，哪怕是对手戏，充满矛盾与尖锐的对立，也总好过你在落幕之后，只能紧攥着一把飞雪无声地落泪啊！

北上的路途，最孤单的是你。你不知此去经年，到底什么时候才是个头，只能一步一步地慢慢往前挪移。曾经贵为活佛、每天都在布达拉宫接受信众顶礼膜拜的你，而今却成了被蒙古兵丁吆喝着押赴京师的阶下囚，这是多大的讽刺与羞辱啊！不过这也没什么大不了的，在布达拉宫的时候，你同样没有自由，始终都在夹缝中生存，也许，被当成囚徒押送京师，于你而言，却是最大的解脱。

拉藏汗揭发你是不守清规的假达赖，你无语潸然，难道他从来都不知道你压根就不想当这个活佛吗？他当然知道，他只是假装不知道，为了掌握更大的权势，把西藏牢牢拴在和硕特蒙古的铁蹄下，曾经与你情同手足的拉藏汗，把你当成了最后的牵绊，毫不留情地一脚踢开，并以假达赖的说辞把你交给中央政府处置，企图把格鲁派建立起的甘丹颇章政权一锅端掉。欲加

第15卷 烙印

227

之罪何患无辞？是的，你是不守清规的达赖，可除了蒙古人，从来没有任何人质疑过你的身份，在西藏所有信徒教众的心中，尽管你"迷失菩提""游戏三昧"，却依然是他们最最敬仰、最最崇拜的神王，又哪来的真假之说？

　　真也好，假也罢，你知道，你并不想当这个活佛，既然拉藏汗非要说你是假的，那就是假的吧！只是北上京师的路途遥遥，你真的可以活着走到那里吗？你不怕死，你只是害怕再也见不到你日思夜想的亲人们——阿妈、玛吉阿米、仁珍旺姆、于琼卓嘎、洛桑、拉旺、拉珍、莫啦，你们都还好吗？

　　你知道，阿妈依然守在达旺的乌坚林村口，翘首企盼着你的归来；你知道，玛吉阿米正坐在理塘高高的城墙下望着拉萨的方向痛哭流涕；你知道，仁珍旺姆和她的莫啦早已在日喀则城安顿下来并重新做起了酒肆的营生；你知道，早在桑结嘉措被杀后，拉珍就和她的几个哥哥一起被押赴京城；你知道，洛桑喇嘛已经接受你的请求，前往理塘代替你照顾你最心爱的玛吉阿米；你知道，仲科塔尔杰乃已经潜入京城，随时想要救回拉珍；而你唯一不知道也最放心不下的就是于琼卓嘎。

　　凶神恶煞般的蒙古人把你从布达拉宫的法床上拽下来带走的时候，你心爱的于琼卓嘎也被乱兵抢走。你看到那帮禽兽撕裂了她的衣裳，你听到她撕心裂肺的尖叫声唾骂声诅咒声，可你除了痛苦地大声呼唤她的名字，却什么都做不了，只能眼睁睁地看着他们把她从你面前拖走。那可是你的女人，六世达赖喇嘛的女人，那帮禽兽，他们怎么能对神王的女人无礼？！你能做的，唯有痛斥与诅咒。你诅咒拉藏鲁白一定会遭到报应，可这又有什么用，你能拯救于琼卓嘎于水火之中吗？你不能！茫茫的雪地上，你痛苦着把头埋进厚厚的积雪中，不住地谴责着自己，对不起，于琼卓嘎，是我害了你，是我！错就错在你不该爱，可如果不爱，你还是你吗？

如果
痴情是一种错误
我情愿没有
来生的来生

如果
想念是一种错误
我情愿没有
等待的等待

怨是思念变了味
恨是思念打了结
当声音也永恒成一种记忆的时候

那就是沧桑的味道

我无法挑战自己
让寂寞只属于
孤独
成群的乌鸦叼走了月亮
我站在山上哭泣
孤独的山
孤独的人

风的影子
月的声音
听春，打夏
烙秋，耍冬
花洗水
我是一朵寂寞空虚的莲
寒流使我的心萎缩
在明亮的镜子里
照出一个美丽的身影
却无法挽回内心的
枯瘪

相思难相守
我的心为你憔悴

为你伤

像一只孤雁落在了

荒芜的田地里

再也找不着归巢的标记

看那冬天里的一片云

冷，摧枯拉朽的冷

漠，望断天涯的漠

冷得彻底

漠得也彻底

追欢入海流

心在冰冻尘封中挣扎

我没有力量

从疲惫的梦中

唤醒自己

一夜雨

两寸沙

三杯酒

四个梦

在深海投影

我是我的我

是谁踏出一片云锦

捧出水月镜花的梦

问苍天，问白云

无人应我

问大地，问清溪

无人应我

我是一个苍茫的故事

我被月亮叼走了

青海湖边，我看到你为爱写下的六字真言，也看到你为爱在雪地上刻下的情诗。世间安得双全法，不负如来不负卿。你问佛，情与禅，是彼此分离，还是相依相存；佛说，情禅皆学问，是劫是福，全在一念之间。我不知道，被押赴北上的途中，你心里最思念的是哪一个女子，玛吉阿米、仁珍旺姆，还是于琼卓嘎，或许，在你心里，从来都不曾厚此薄彼，也不承想过要对哪个更用心一些。其实，爱就是爱了，哪里分得清谁爱谁多些，又哪里能够分辨出此生最爱的是谁？两颗心相互依存相互取暖的时候，便是最爱，不是吗？

我甚至不知道，我写过的你，是不是最接近历史的你。世间流传着很多关于你的传说，即便已写过你不止一次两次，也曾深信已经走到你的心坎里去了，但回头看看，我却只能遗憾地说一句，其实，关于坊间里弄对你的种种传言，包括史书和各种笔记对你的记载，我真的没法弄清，到底哪一种更贴近真实，想必给我更多的时间用于研究，我也无法厘清最真的真相，更无法写出一个真实的你来。

　　你究竟是雪域高原的得道高僧，还是流浪在拉萨街头的浪子？我不知道。你的诗，有人说有情，有人说是禅。说你的诗是情，只因为你是传说中那个放浪不羁的风流少年宕桑汪波，你为自己心爱的女子，在八廓街的酒肆里写下了一阕阕缠绵悱恻而又脍炙人口的情诗；说你的诗是禅，只因为在哲蚌寺的僧侣准备以武力保护你不被蒙古人押赴京城之际，为了不让教众受到牵累，你心甘情愿地走到蒙古人押解你北上的囚笼中，而这便是佛祖的慈悲。千千万万种解读，不知是否真正读懂了你的心，你的故事，就如拉萨城飘舞的飞雪，圣洁而又多情，灵动而又不失庄重。

　　情与禅，在你身上唯美地交织着，即便逾过三百年的时空距离，依然给后人留下无限的遐想。你身上有着太多太多的谜，每一个谜，都是那么绚烂，那么惊艳，美到不可方物，却又让人不可捉摸，永远都无法猜透真正的谜底。大概，情与禅，都是你人生中必要的历练，然，远去了岁月山河的侵蚀，而今，你曾经承受的苦与痛、煎与熬，都已化作了你眉间的清欢与嘴角的微笑了吗？

　　其实，为情而生的僧人，你并非第一个，也不是最后一个，更不是唯一的那一个，而他们也和你一样，都曾在情爱红尘中经受过刀山火海的考验，比如辨机，比如苏曼殊。有时候，我甚至会觉得你就是他们，他们就是你，你和他们，他们和你，也不过隔着一道轮回的距离罢了。只是，那时的她，或美艳如花，或温柔婉约，却又会是滚滚红尘中的哪个谁呢？

那年的长安，风情万种。她是太宗皇帝最最宠爱的女儿高阳公主，有着不可一世的骄傲、自信、热烈与尊贵，甚至是煊赫的权势与无边的财富，但她始终觉得生活中还有缺憾，因为自己还没有得到最想要的东西，比如爱情。她对自己的驸马，有千千万万个不满意，那个男人让她觉得自己从来都是与幸福绝缘的，她渴望快乐，渴望由心底生发出的快乐，所以，她把目光对准了那个懵懵懂懂的他。

他没有想过自己会遇上她，那个美貌与智慧并存的公主，从来都没有想到过。那时，他是从西域取经回来的高僧玄奘身边最为得意的弟子，有一个好听而又充满禅机的名字——辨机，天资聪颖，才华横溢，不辞辛劳地替师傅翻译经文，很快就撰成了文采斐然的《大唐西域记》。人们都说，他是玄奘身后最最无可争议的接班人，假以时日，必将成为大唐最受瞩目的高僧大德，一时间，美誉与夸赞，仿佛翻卷的潮水纷至沓来，可他们的遇见，那一场美艳犹如春花飘落的遇见，却给他带来了生命中最最难以承受的劫难。

他们相爱了，他们的爱恰似飞蛾扑火，燃起了情感，也燃烧了自己。相爱时，她忘了皇家的威严，忘了自己已是有夫之妇，而他也忘了佛门的清规戒律，忘了自己出家人的身份，一曲空灵的梵音，终在他们熊熊燃起的欲火中，辗转烧成了声声颠鸾倒凤的呻吟。他们不被世人容忍的关系，终于在花落后被无情地揭开，那个坐在龙椅上的男人怒不可遏，决心将他处以极刑，要让他为自己出轨的行为付出最大的代价。

腰斩。他生生被斩成了两段，鲜血喷涌，让所有为他惋惜为他感叹的人惊了心动了魄。什么聪明绝伦，什么玉树临风，什么才高八斗，什么气宇轩昂，所有对他的赞誉，都化作了她泣血的惊叫，再回首，想要回到最初的最初，已然不能。最热烈的爱，仿佛都蕴涵着一种宁静的皈依，只是，永别的那一刹，面对哭得一枝梨花春带雨的她，他到底又想到了些什么？是发现太过炽热的情感彻底灼伤了自己，还是从这份痴缠到必须付出生命的爱中获得了真正的领悟？

很多很多年过去了，多得我难以计算那究竟是经过了多少年。那一年，被人们叫作苏曼殊的他，带着满身的伤痛、满心的疲惫，毅然决然地遁入了空门，可身在佛门的他，又总是那么肆意妄为、我行我素，从来都不把任何的清规戒律放在眼里，也从不以自己离经叛道的行径为耻。他放荡不羁，却又脆弱易感；他吟诵佛经，却又流连于花街柳巷。仿佛看见了前人柳永的影子，他也沉醉过"杨柳岸，晓风残月"的江南，也为伊人写下多情的诗篇，也曾叹过天涯沦落、漂泊无依。

情么？他动过心，他痛过，他爱过，他伤心过，他纠结过，他懊悔过，他咆哮过，然而，每次走到最后，又都无一例外地，只留下他一个人独自憔悴的背影，在清浅的月光下，孤孤单单地走，却从来都不知道究竟要走到哪里去。禅么？他是佛家弟子，笔下时常流露出一片清寂无为的禅意，可为什么，这倾泻着星辰大海的诗意背后，却又屡屡都隐藏着一缕缕令人捉摸不定的情思？

一切有情，皆无挂碍。情与禅，伴随了他一生，也纠缠了他一生，直到他忧伤着离去，也没有分清自己到底是个僧人还是俗人。其实，是僧是俗又有什么分别呢？只要心中有情，便是一个足以让人缅怀的人，更何况他还是那样一个为爱坚守的痴人。

辨机、仓央嘉措、苏曼殊，辨机、你、苏曼殊。或许，前生与佛结下了良缘，今世才当以佛的形式普度众生。只是你本身就是荷田里的荷一枝，亭亭玉立，喜欢阳光的普照和雨水的滋润，那些曾经经受的风雪，也不过是要让你生出更多的勇气，去面对世俗里艰难的教化。你身上有着太多太多的责任，作为六世达赖喇嘛，佛祖又如何舍得放弃你？那些苦痛与煎熬，都只是上天对你的考验，他要让你以苦行僧的方式去度化更多的人，所以你必须经历种种的变故，大悲，或是大喜，因为唯有这样，你才能坚定那一颗拯救世间苍生的慈悲心，而你生命中所有历经的女子与爱情，到最后，也不过是要教会你，以一颗平常心去面对这个五味杂陈的世界。

因为你，我又想到了李叔同，那个被人们尊称为"弘一大师"的高僧大德。"长亭外，古道边，芳草碧连天。晚风拂柳笛声残，夕阳山外山。天之涯，地之角，知交半零落。一壶浊酒尽余欢，今宵别梦寒。"一曲《送别》，尽管意象简单，语言浅显，但每一次念起，其清新的文字、深挚的感情，总会莫名触动我源自心底的唏嘘与感伤。斜阳草树，长亭古道，一壶浊酒，只恨知交零落，空留别梦寒……没有体会过世间最深最真的情，又如何能够落笔至此境界？

无可否认，弘一大师在出家前，也是和你一样深情款款的男子，甚至，他对待女子的痴狂程度，与你相较有过之而无不及。诗、词、书、画、篆刻、音乐、戏剧、文学，他样样精通，并都取得了相当大的造诣，然而，曾经锦衣玉食的翩翩富家公子，虽顶着不出世的才子名号，享受着众多友人的仰慕，却还是在三十八岁那年丢下妻子儿女，义无反顾地选择了皈依佛门，选择了永恒的清贫与静谧。

是对情的顿悟，还是对禅的追求，才使他下定决心放弃了一切？他的情，是流水，清澈，明净，不带一丝一毫的假意；他的禅，是月光，宁静，安详，不掺一点一星的杂质。从表面上看，他丢弃了一切，荣华富贵，名闻利养，可他却又实实在在地收获了最大的圆满。他的谦逊，让他找到了彻底的宁静，也让别人透过水月镜花的美捕捉到一个真实的他，一个干净透彻、纯净到无瑕的他。然而他并非没有爱过，无论是名震天下的杨翠喜，还是温柔可爱的雪子，他都曾付出过惊天动地的爱，只不过，他终究还是洞彻了这世界的本质，明白了爱与不爱，终究无法超越心之束缚的道理。

他不想继续被世事牵绊，所以选择了安心于世外，找寻那一方真正属于自己的心灵桃花源。张爱玲说过："在弘一法师寺院围墙外面，我是如此的谦卑"，由此可见，所有接近过他的人，无论性情有多乖张，几乎无一例外地，都能感受到他春天般的温暖，让自己也变得同他一样的谦逊可爱。

轻轻地，他来到了这个世界，轻轻地，他又离开了这个世界。"君子之交，其淡如水。执象而求，咫尺千里。问余何适，廓尔忘言。华枝春满，天心月圆。"拂了功名，他安然逝去，无牵无挂，无怨无恨。只是，他的离开，又给我们做了怎样的见证？到底，情僧和禅僧的区别，又在哪里？

遥望大雪纷飞下的风与马，你——六世达赖喇嘛仓央嘉措，目光如炬，炯炯有神。匍匐在雪地里，你无语祈福，闭目凝思或者摇动经筒，依然只是为着一个女子的到来。向青海湖投下一粒粒石子，荡漾的每一圈波纹都是她的温度，你知道，她是你的玛吉阿米，你最最舍不下的姑娘。坚忍千年的轮回，为的只是途中一次相遇；触摸大地的足迹，每一寸都是她走过的温暖。然，这白雪茫茫的世界，你又要去哪里找寻她当初一如格桑花的美艳？

　　　　结尽同心缔尽缘，此生虽短意缠绵。
　　　　与卿再世相逢日，玉树临风一少年。

　　听不懂梵音中的真言，却参悟了情人的呼吸。朝见佛塔，不求佛家源远流长，唯愿情人永生平安。在布达拉宫里受万人敬仰、享受无上的荣华富贵和极致的孤独时，究竟有多少人可以体会到你流浪在拉萨街头时成为大众情人的幸福呢？你，仓央嘉措，传奇的雪域之王，孤独的情种，沐浴在佛学的博大精深中，却终身为情所困，在悲与喜的交结中，写下感人肺腑的无尽诗歌，直到生命的尽头，然，这于你而言，究竟是幸，还是不幸？

　　你离去之后，你的情歌依旧在高原上盘旋，如同布达拉宫里点亮的酥油灯火，缕缕不绝。它是另一个声部的诵经之声，是于转瞬之间落在人们肩头的菩提树叶，每一个字句的起落，都满满彰显着你的深爱与不舍。曾经，你和她在花前月下许下郑重的诺言，缔结同心，情比金坚，即便明知人生苦短，也要在彼此澄澈的目光里，找到缠绵至死的清欢。而今，北上的路太过遥远，你早就走不动了，你想就这样永远匍匐在厚厚的积雪中，不

第 15 卷 烙 印

再去思考任何问题，让一切到此为止，无论是情还是恨，通通戛然而止，可你真的能够就此了结一生吗？

你不怕离开这个污浊的世间，却依然放不下她们如花的笑靥。究竟，人有没有来生？如果有来生，你还能与她们相遇吗？玛吉阿米、仁珍旺姆、于琼卓嘎。你轻轻喊着她们的名字，在胸前将她们的名字一个一个地画出了印痕。如果真有来生，你依旧期待在玉树临风的少年时，遇见如花似玉的她们，可她们还会站在生命与轮回的路口，将你悄然等待吗？

都说你死在了青海湖边。有人说你病死了，有人说你投湖了，有人说你被押解你进京的蒙古人害死了，可我依然相信那时的你并没有死。按照你的亲信弟子阿旺多尔济根据你曲折而又多舛的一生撰写的传记《仓央嘉措秘史》来看，你只是隐姓埋名，去了内蒙古的阿拉善，从此，把毕生的精力与时间都奉献在了弘扬佛法上。在那之后，你的名字只与佛法相随，再也不曾与那些令你心仪过的女子纠缠在一起，想必，经历了红尘中的大起大落后，你已经懂得了人生的真谛，也明白了唯有佛法才能救度世人的道理。

也许，你并不是一个合格的活佛，但是，你永远都是一个伟大的情人，一个伟大的诗人。三百年的时光掩埋了太多的情事，但你的名字却已随同尘封的历史，一起滚入后人的记忆，成为一段永恒，直到今天，在拉萨、在西藏的每一个角落，人们提起你的名字来都还是如雷贯耳，充满敬意。在那里，无论是老人还是童稚，可以不知道自己的祖先姓甚名谁，却不能不知道仓央嘉措是谁，不能不知道你为玛吉阿米吟唱过的那些忧伤动人的情歌。三百年以来，你的情歌一直回响在西藏的各个角落，你的歌声沐浴在林间、草尖、花梢，更徜徉在人们的心头，任世人传唱，日日夜夜，生生不休。

第15卷 烙印

图书在版编目（ＣＩＰ）数据

相见何如不见时 .3, 仓央嘉措，让我住进你心里 /
吴俣阳著 . -- 北京 ：中国文史出版社，2023.8
　ISBN 978-7-5205-4181-7

　Ⅰ.①相… Ⅱ.①吴… Ⅲ.①传记小说－中国－当代
Ⅳ.①Ⅰ247.5

中国国家版本馆 CIP 数据核字 (2023) 第 134134 号

责任编辑：全秋生

出版发行：中国文史出版社
地　　址：北京市海淀区西八里庄路 69 号　　邮编：100142
电　　话：010 － 81136602　81136603　81136606（发行部）
传　　真：010 － 81136655
印　　装：北京温林源印刷有限公司
经　　销：全国新华书店
开　　本：880 毫米 ×1230 毫米　　1/32
印　　张：7.75
字　　数：240 千字
版　　次：2024 年 1 月北京第 1 版
印　　次：2024 年 1 月第 1 次印刷
定　　价：59.80 元